U0116981

自动化技术入门与应用实例系列书

电子CAD入门

——Protel 99 SE

主 编 胡继胜

中国电力出版社
www.cepp.com.cn

内 容 提 要

本书是一本旨在帮助初学者迅速掌握 Protel 99 SE 基本功能与熟练操作的电子 CAD 入门教程。本书作者长期在教学一线工作，积累了丰富的教学与实践经验。作者从教、学、做相结合的能力本位出发，用典型的实例贯穿全书，通过操作的方式来展开对 Protel 99 SE 的学习，使初学者很容易上手。

全书共八章，前四章内容针对 Protel 99 SE 的原理图设计系统进行了介绍，主要包括 Protel 99 SE 概述、原理图设计系统、原理图绘制和原理图元件制作；第 5～7 章内容介绍了印制电路板设计系统，主要包括印制电路板设计基础、印制电路板设计、元件封装及制作；最后一章介绍了 Protel 99 SE 的实用操作技巧。

本书是电子 CAD 入门教程，全书结构合理、内容丰富、叙述简明扼要、深入浅出、实例典型、图文并茂。本书除了对初学者具有很强的指导意义，也可作为大中专院校学生和从事电路产品设计人员的参考用书。

图书在版编目（CIP）数据

电子 CAD 入门：Protel 99 SE/胡继胜主编 . —北京：中国电力出版社，2008

（自动化技术入门与应用实例系列书）

ISBN 978 - 7 - 5083 - 7899 - 2

Ⅰ. 电… Ⅱ. 胡… Ⅲ. 印刷电路—计算机辅助设计—应用软件，Protel 99 SE—教材 Ⅳ. TN410. 2

中国版本图书馆 CIP 数据核字（2008）第 151949 号

中国电力出版社出版、发行

（北京三里河路 6 号　100044　http：//www.cepp.com.cn）

北京铁成印刷厂印刷

各地新华书店经售

*

2009 年 1 月第一版　2009 年 1 月北京第一次印刷

787 毫米×1092 毫米　16 开本　13 印张　284 千字

印数 0001—3000 册　定价 **25. 00** 元

前 言

《自动化技术入门与应用实例系列书 电子 CAD 入门——Protel 99 SE》为"自动化技术入门与应用实例系列书"之一，本书面向现代化工业技术从业的工程技术人员，是一本从入门讲起的实用技术书。本书基本特色是：对理论知识做"淡化"处理；对实际技能做"强化"处理；以具体的"案例"为基础，旨在使读者迅速掌握并灵活运用这一技术。

随着信息技术的发展，电子电路设计与制作越来越复杂，集成度越来越高，产品更新换代周期越来越短，加之新的元器件不断涌现，用电子设计自动化软件来设计制作电路已成为必然的趋势。

Protel 99 SE 是 Altium 公司推出的电子设计自动化（EDA，Electronic Design Automation）软件，是当今最流行的电子电路计算机辅助设计软件（Computer Aided Design）之一。它是基于 Windows 平台的 32 位 EDA 设计系统，它将电路原理图设计、印制电路板（Printed Circuit Board，PCB）设计等多个实用工具软件组合起来，具有强大的设计能力、高速有效的编辑功能、灵活有序的设计管理手段，友好的操作界面、良好的数据开放性和互换性，是众多工程技术人员和电子爱好者进行电子设计的首选入门软件。

本书根据作者多年的教学和实践经验，按照电路板设计的一般步骤对教程进行了整体规划。从教、学、做相结合的能力本位出发，结合实例，由浅入深、循序渐进，力求向读者全面介绍 Protel 99 SE 软件设计系统的基本概念、方法和原则。通过阅读全书，使读者能够快速熟悉电路板设计的全过程。

全书共分八章，前四章内容针对 Protel 99 SE 的原理图设计系统进行了介绍，第 5～7 章内容介绍了印制电路板设计系统，最后一章介绍了 Protel 99 SE 的实用操作技巧。本书最突出的特点是通过实例操作代替陈述性的讲解，从而使读者感到"易学、实用"。

本书由安徽职业技术学院胡继胜副教授编写，在编写过程中得到了安徽职业技术学院实训中心程周主任的大力支持，在此表示衷心的感谢。

由于时间仓促，编者水平有限，疏忽与错误之处在所难免，敬请广大读者批评指正。

编　者

2008 年 7 月

目　录

第 1 章

Protel 99 SE 概述

随着电子技术的飞速发展和新型电子元器件的不断涌现，电路设计与制作越来越复杂，而另一方面由于计算机技术的迅猛发展，计算机电路辅助设计软件也应运而生，电子 CAD（EDA 的一部分）软件一出现，就以方便、快捷、高效、准确的特点为广大电路设计人员所喜爱。在众多的电子 CAD 软件中，Protel 99 SE 是众多工程技术人员和电子爱好者进行电子设计的首选软件，本章主要介绍 Protel 99 SE 的发展、组成、特点、安装、文件管理和工作组管理等，使读者初步认识 Protel 99 SE。

1.1 Protel 的发展

20 世纪 80 年代中期计算机应用进入各个领域，人们开始用计算机辅助进行电路设计，美国 ACCEL Technologies Inc 推出了第一个应用于电子线路设计软件包——TANGO，开创了计算机辅助设计（CAD）的先河。这个软件包现在看来比较简陋，但在当时给电子线路设计带来了设计方法和方式的革命，随着电子业的飞速发展，TANGO 日益显示出其不适应时代发展需要的弱点。为了适应科学技术的发展，Protel Technology 公司以其强大的研发能力推出了 Protel for DOS 作为 TANGO 的升级版本，从此 Protel 这个名字在业内日益响亮。

由于在 DOS 环境下，受图形接口及内存、CPU 等硬件条件的限制，Protel for DOS 仅仅是一个 CAD 开发工具的初级版本，20 世纪 80 年代末，Windows 系统开始日益流行，Protel For Windows 1.0、Protel For Windows1.5 等版本相继推出。这些版本的可视化功能给用户设计电子线路带来了很大的方便，设计者再也不用记一些繁琐的命令，也让用户体会到资源共享的乐趣。后来，随着计算机操作系统不断升级和电子电路业的迅速发展，Protel 软件也不断升级。20 世纪 90 年代中期推出了基于 Windows95 的 Protel For Windows3.1，并且引入了客户机（Client）/服务器（Server）的主从式工作环境结构，但在自动布线方面没有改进，1998 年推出了 Protel 98，其应用程序代码从 16 位历史性地提高到了 32 位，是第一个包含 5 个核心模块的 CAD 工具，开始基本满足了大多数使用者的需求，特别是出色的自动布线功能得到了用户的支持。1999 年推出了 Protel 99，Protel 99 是基于 Windows 95/Windows NT/Windows 98/Windows 2000 的纯 32 位电路设计制版系统。Protel 99 提供了一个集成的设计环境，它引入了数据库的管理模式，用户可直观地对项目中的文件进行管理与操作，构成从电路设计到真实电路板分析的完整体系。2001 年 Protel 公司正式推出了 Protel 99 SE，相对于 Protel 99，其综合设计环境功能更加强大，性能进一步提高，可以对设计过程有更大控制力。

作为第一款将电子电路设计环境导入 Windows 操作界面的开发工具，Protel 是目前 EDA 行业中使用最方便，操作最快捷，人性化界面最好的辅助工具，虽然近年来 Protel 公司又推出了 Protel DXP、Protel 2004 和最新版 Altium Designer 6.0，但它们对计算机硬件配置要求较高且价格昂贵，Protel 99 SE 仍是目前中国电子工程师进行电子设计使用最多的软件，很多大、中专院校的电类专业还专门开设 Protel 课程。基于上述情况，本书将以 Protel 99 SE 为基础来进行介绍。

1.2　Protel 99 SE 的 组 成

Protel 99 SE 设计系统由两大部分共 6 个程序模块组成。

第一部分是电路设计部分，主要由三个模块组成：

（1）原理图设计程序（Advanced Schematic 99）。这是 EDA 系统中主要的设计工具之一，主要用于电子电路的原理图设计、自定义原理图元件、仿真电路的设计和参数设置，还可以为印制电路板设计提供网络表，该模块完成的是电子产品电学阶段的设计。这个模块主要由原理图编辑室、原理图元件库编辑器、各种报表生成器组成。

（2）印制电路板程序（Advanced PCB 99）。这个程序模块主要用于在 PCB 环境下，设计出可以制作真正印制电路板的 PCB 文件。它主要包括设计印制电路板的电路板编辑器以及用于修改和创建元件封装的元件封装编辑器。

（3）自动布线程序（Advanced Route 99）。这个模块主要功能是对已经完成布局的电路板进行自动布线，它主要是由一个自动布线器构成。

第二部分是电路仿真与 PLD 设计部分，主要由三个模块组成：

（1）电路仿真程序（Advanced Sim 99）。这个模块主要可提供连续的模拟信号和数字信号仿真，它主要包括一个功能强大的数/模混合信号电路仿真器，这是一个基于 SPICE 3F5 的信号仿真器。

（2）高级信号完整性分析程序（Advanced Intergrity 99）。这是用于 PCB 后分析的高级信号仿真模块，它主要用于分析 PCB 设计和检查设计参数，测试过冲、下冲、阻抗和信号斜率。

（3）可编程逻辑器件设计程序（Advanced PLD 99）。这个模块主要用于数字系统的 PLD 设计，它主要由支持硬件描述语言的文本编辑器、用于编译和仿真设计结果的 PLD 以及用来观察仿真波形的 Wave 组成。

1.3　Protel 99 SE 的 特 点

Protel 99 SE 是一款功能强大的电路板设计软件，它是基于 Windows 的完全 32 位 EDA 设计系统，它采用了客户机（Client）/服务器（Server）的体系结构，提供给用户标准的主控环境，给设计工作带来很大方便。在继承了 Protel 98 特点的基础上，又增加了很多新的特点，其主要特点如下：

（1）智能文档（SmartDoc）技术。所有文件都存储在一个综合设计数据库中，可以方便有效地统一管理。

（2）智能工具（SmartTool）技术。把所有的设计工具（如原理图编辑器、PCB 编辑器、文本编辑器等）都集成在一个设计环境下。

（3）智能工作组（SmartTeam）技术。支持多个成员通过网络同时访问同一个设计数据库，通过内置组管理功能，对每个成员赋予不同的权限，确保设计组成员对设计任务的分工协作。

（4）支持层次化设计。对于设计复杂的系统，可将系统分解为若干个子系统或子模块，然后分层实现。用户可先设计出子模块，再将它们组成总体方案；或者先用模块来表示总体方案，再将各个子模块具体化。这种无论是自上而下还是自下而上的设计方法都使系统设计更加清晰可靠。

（5）丰富、灵活的编辑功能。具有自动连接、PCB 同步更新、交互式全局编辑、在线编辑和异地网络编辑等功能。

（6）设计检查功能。Protel 99 SE 提供的电气规则检查（ERC）功能可以快速地对原理图进行相关设计规则检查并生成报表，同时还在原理图中用特殊符号标记出来，方便用户修改；Protel 99 SE 提供的设计规则检查（DRC）功能是方便用户对设计好的电路板进行各项规则检查。

（7）完善的库管理功能。Protel 99 SE 提供了数量丰富的原理图元件库和 PCB 封装库。用户可以自由编辑、创建、查找库元件。

（8）改进的自动布局。对印刷电路板设计时的自动布局采用两种不同的布局方式，即组群式（Cluster Placer）和基于统计方式（Statistical Placer）。在以前版本中只提供了基于统计方式的布局。

（9）增强的布线功能。新的 PCB 自动布线系统使用了人工智能技术（如人工神经网络、模糊专家系统、模糊理论和模糊神经网络等技术），PCB 自动布线规则条件的复合选项极大地方便了布线规则的设计，在线规则检查使布线水平进一步提高。

（10）信号完整性分析功能。集成了高级信号完整性分析和电路板分析工具，对电路设计结果进行质量和干扰分析。

（11）良好的兼容性和可扩展性。

（12）文件输出多样化。支持 Windows 平台上的所有输出外设和多种文件格式。

（13）功能强大的混合信号仿真。

（14）快速生成元器件类。

（15）更容易进行 PLD 设计，可以针对用户的需要进行 PLD 设计。

（16）强大的电路图层面管理功能，可以让用户创建各种面板。

1.4 Protel 99 SE 的安装配置

1.4.1 基本配置

为了使 Protel 99 SE 正常运行，推荐基本配置如下：

（1）CPU 为 Pentium II、300MHz 以上；

（2）内存为 128MB；

（3）硬盘空间为 4GB 以上；

（4）显示器分辨率为 1024×768 及 32 位真彩色；

（5）操作系统为 Windows。

1.4.2 建议配置

为了确保 Protel 99 SE 有更好的运行速度及视觉效果，建议提高系统配置如下：

（1）CPU 为 PentiumIII 以上；

（2）内存为 256MB 或更高；

（3）硬盘空间为至少 30GB 以上；

（4）显示器分辨率为 1024×768 及 32 位真彩色；

（5）操作系统为 Windows2000/NT/XP 或以上。

1.5　Protel 99 SE 的安装与卸载

1.5.1　Protel 99 SE 的安装

Protel 99 SE 安装过程十分简单，只需要根据安装向导，适当修改安装选项即可按照步骤安装软件。具体安装步骤如下：

（1）打开安装文件夹，可以看到文件夹里共有安装文件 14 个，如图 1-1 所示。

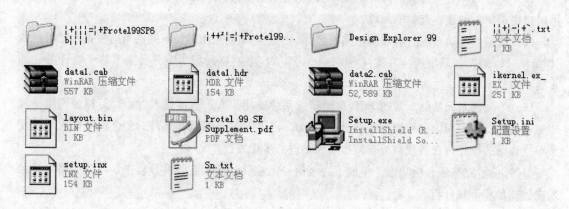

图 1-1　Protel 99 SE 安装文件

（2）在文件夹中找到 Protel 99 SE 安装文件"Setup. exe"，双击"Setup. exe"图标即开始运行安装程序，出现如图 1-2 所示界面，提示用户按照安装向导的提示进行操作。

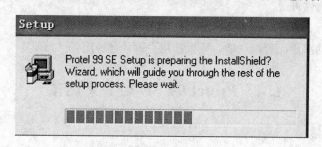

图 1-2　安装向导指示

（3）稍微等待一会，进入如图 1-3 所示的安装程序对话框，单击 Next 按钮。

（4）在如图 1-4 所示的安装信息对话框，输入用户的姓名和公司的名字，然后在 Access Code 文本框中输入软件的安装序列号。

（5）单击【Next】按钮，系统弹出如图 1-5 所示的安装路径选择对话框，图中显示的是默认安装路径：C：\ Program Files \ Design Explorer 99 SE。单击 Browse 按钮可以选择或修改安装路径。

（6）单击【Next】按钮，系统弹出的如图 1-6 所示的安装方式选择对话框中，可以选择 Typical 单选框进行典型安装，也可选择 Custom 单选框进行自定义安装，这里选 Custom 自定义安装，因为该模式安装 SIM99 仿真器，这在后续仿真分析时要用到。

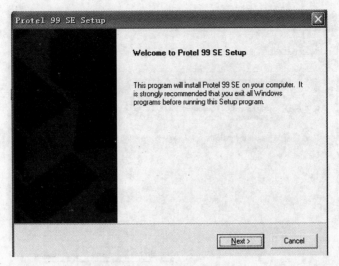

图 1-3　安装程序对话框

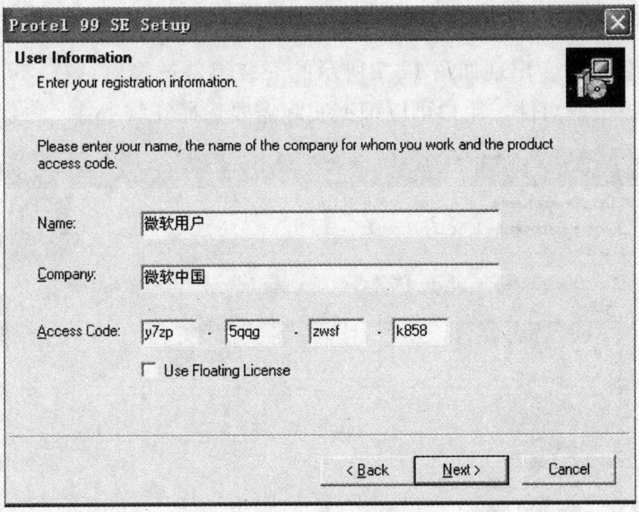

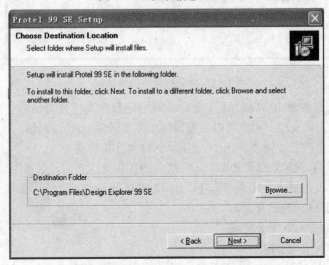

图 1-4　安装信息对话框

图 1-5　安装路径选择对话框

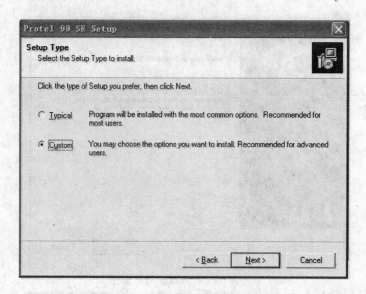

图 1-6　安装方式选择对话框

（7）单击【Next】按钮，出现如图 1-7 所示的安装组件选择对话框，可以通过拖动滚动条观看 Protel 99 SE 所提供的组件，用户可以根据实际需要选择安装组件，一般不必修改。

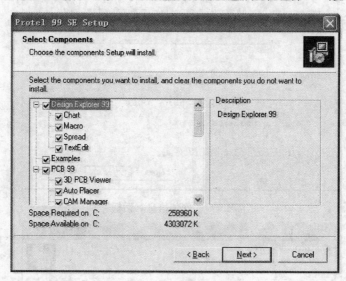

图 1-7　安装组件选择对话框

（8）单击【Next】按钮，出现如图 1-8 所示的创建程序文件夹对话框。系统默认将启动图标放在 Protel 99 SE 文件夹中，用户可以在编辑框里改变图标的所在路径。

（9）单击【Next】按钮，出现如图 1-9 所示的即将开始安装界面。

（10）单击【Next】按钮，出现如图 1-10 所示的安装进度界面，根据用户软硬件配置不同，需要等待一段时间，若想退出安装，单击【Cancel】按钮即可。安装结束出现如图 1-11 所示的界面，单击【Finish】按钮完成安装。

到此为止，Protel 99 SE 安装完成。

1.5.2　Protel 99 SE 的卸载

Protel 99 SE 在使用过程中有时由于系统或其他原因而不能正常运行，这时可以先卸载 Protel

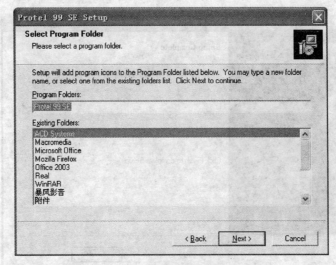

图 1-8　创建程序文件夹对话框

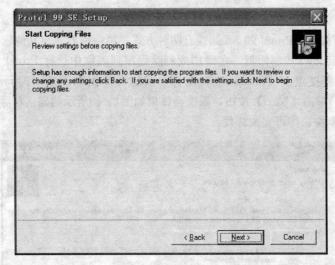

图 1-9　开始安装文件

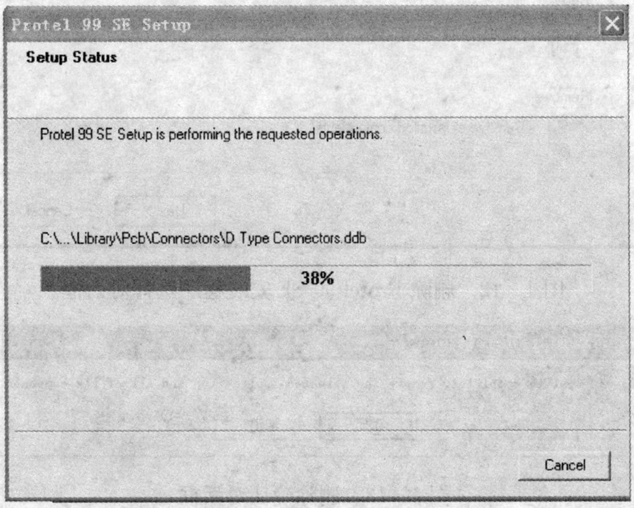

图 1-10　安装进度显示

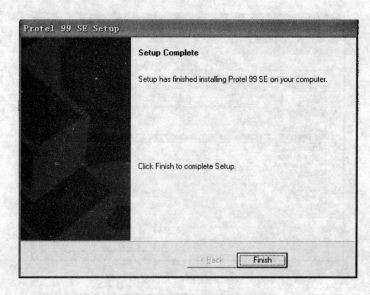

图 1-11 安装完成

99 SE，然后再重新安装。Protel 99 SE 卸载有两种方式：第一种方式与其他软件的卸载方法完全相同，只要进入 Windows 控制面板，在添加或删除程序列表框中选择 Protel 99 SE 组件即可卸载；第二种方式是直接点击"Setup. exe"图标，系统会弹出如图 1-12 所示的对话框，选择"Remove"单选项，单击【Next】按钮，系统会弹出如图 1-13 所示的确信移除 Protel 99 SE 的对话框，点击【确定】按钮即可完成卸载。

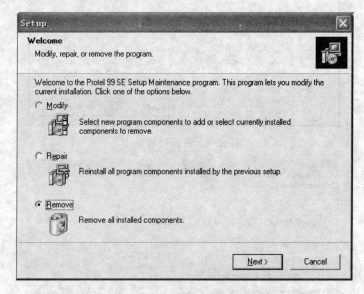

图 1-12 删除 Protel 99 SE 安装程序选择对话框

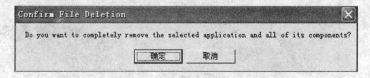

图 1-13 删除确认对话框

1.6   Protel 99 SE 的启动

安装完 Protel 99 SE 之后，通过下面任一种方法都可以启动 Protel 99 SE。

（1）单击任务栏上的【开始】按钮，在调出的【开始】菜单组中单击 Protel 99 SE 菜单项，如图 1-14 所示。

（2）直接在桌面上双击 Protel 99 SE 图标，如图 1-15 所示。

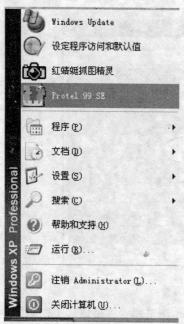

图 1-14 从开始菜单启动 Protel 99 SE   图 1-15 直接双击桌面"Protel 99 SE"图标启动

（3）单击【开始】菜单下【程序】子菜单中的 Protel 99 SE 图标，如图 1-16 所示。

图 1-16 从程序菜单中启动 Protel 99 SE

1.7 Protel 99 SE 的主界面与系统参数设置

1.7.1 Protel 99 SE 的主界面

当系统开机第一次启动 Protel 99 SE，系统即可进入如图 1-17 所示的设计主界面。若关闭 Protel 99 SE 程序后紧接着再启动的话，系统直接进入最近一次设计的数据库文件窗口。

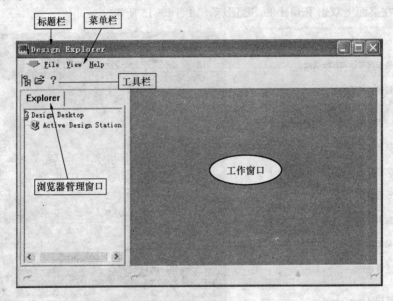

图 1-17 Protel 99 SE 的主界面

在 Protel 99 SE 的主窗口中，主要包括菜单栏、工具栏、浏览器管理窗口和工作窗口。在菜单栏左边有一个 ➡ 图标表示系统菜单，右边三项是普通菜单，右边工作窗口呈灰色显示，表明还没有新建或打开任何文档，一旦新建文档之后，各项内容都大大增加。

1. 菜单栏

(1) File（文件）菜单。File 菜单命令主要用于文件的管理，其菜单命令如图 1-18 所示。其中【New】用于新建空白数据库文件，文件名"ddb"；【Open】是打开一个已存在的文件；【Exit】退出 Protel 99 SE 设计界面。最下面显示的是最近打开或编辑过的文档，这是为了方便用户打开近期经常编辑的文档，最上方的文档打开的时间最近，Protel 99 SE 的 File 菜单可记录 9 个最近打开过的文档。

(2) View（视图）菜单。主要适用于打开和关闭 Design Manager（设计管理器）、Status Bar（状态栏）、Command Status（命令行）。鼠标单击一次打开，再单击一次则相应状态关闭。

(3) Help（帮助）菜单。用于打开帮助文件，获得操作过程中的帮助信息。

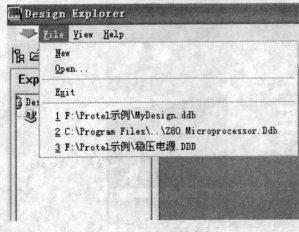

图 1-18 File 菜单命令

执行菜单【Help】/【Contents】命

令，系统弹出如图1-19所示的帮助主页面。正文中列出了各种帮助主题，单击主题可以得到相应的帮助信息。例如单击 Working in schematic documents（工作于原理图编辑环境中）主题，就会打开如图1-20所示的界面，其中说明了在进行原理图绘制时涉及到的各种子主题，单击子主题可以查阅帮助的信息。

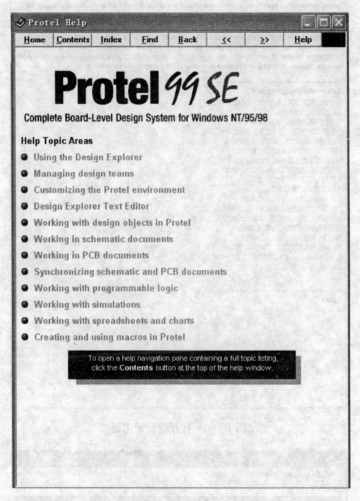

图1-19　帮助内容主页面

在查看帮助信息过程中，可以通过页面顶部的 Contents（目录）按钮、Index（索引）按钮、Find（查找）按钮来进行快速查找帮助信息，这里不再赘述。

2. 工具栏

主窗口的工具栏只有三个命令按钮，功能如下：

（1）　按钮。打开或关闭文件管理器。单击该图标按钮一下，主窗口变为如图1-21所示。这对于在以后的文档编辑中扩大编辑器窗口的浏览范围有很大帮助。

（2）　按钮。打开一个设计文件。与【File】菜单中的【Open】命令作用相同。

（3）　? 按钮。打开帮助文件。与【Help】菜单中的【Contents】命令作用相同。

1.7.2　Protel 99 SE 的系统参数设置

1. 系统菜单

在主界面的左上角有一图标　表示系统菜单，单击图标出现如图1-22所示的菜单项，它

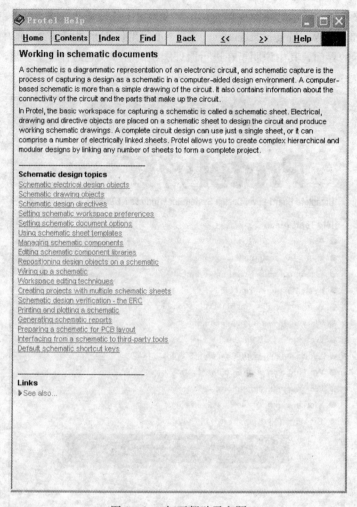

图 1-20　打开帮助子主题

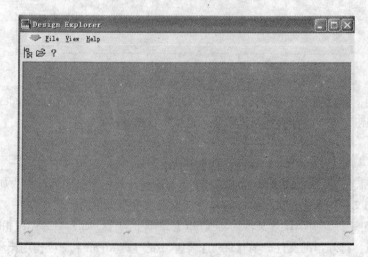

图 1-21　文件浏览器的关闭

主要是设置系统参数和各服务器的属性。其中几个主要菜单项功能如下。

（1）Servers。Protel 99 SE 的服务器设置编辑器，它管理着 Protel 99 SE 的所有服务器，包括安装、打开、停止、移除、安全性设置等。

（2）Customize。用户可以自定义 Protel 99 SE 的菜单、工具栏和快捷键的个性化设置。

（3）Preferences。对 Protel 99 SE 进行优化设置。包括设计文件备份、自动保存、默认字体等项设置。

（4）Design Utilities。它有两个作用：一是对选择的设计数据库文件进行压缩，二是对损坏的设计数据文件进行修复。

2. 系统参数设置

用户可以通过系统菜单来进行必要的系统参数设置。

（1）字体设置。对于 Protel 99 SE 图纸中需要显示的文字，系统一般以默认字体来显示，用户也可以通过系统参数设置来改变系统字体。具体步骤如下：

1）单击当前窗口左上角的系统菜单 图标，在弹出的下拉菜单中单击【Preferences ...】命令，如图1-23所示。

图1-22　系统菜单　　　　　　　图1-23　执行系统菜单命令

2）在系统弹出如图1-24所示的"Preferences"对话框中，单击【Change System Font】命令按钮。

3）系统紧接着弹出如图1-25所示的字体设置对话框，用户可以根据需要设置系统字体。

（2）自动存盘设置。用户在设计过程中常会遭遇如死机、停电等突发事件，使得设计文件没有及时存盘而使整个工作前功尽弃。对通过设定自动存盘操作可以避免这种情况的发生，具体步骤如下：

1）单击当前窗口左上角的系统菜单 图标，在弹出的下拉菜单中单击【Preferences ...】命令，系统弹出如图1-24所示的"Preferences"对话框。

2）将"Create Backup File"前的复选框勾上，再单击【Auto Save Setting】按钮，弹出如图1-26所示的自动存盘参数设置对话框。

3）选中"Enable"项使自动存盘功能设置有效。

4）在"Number"选项中单击 增减量按钮设置每个文件的备份数量，最大可以设置为10，这里设置为1个，在"Time Interval"选项中设置备份时间间隔，系统默认为30min，这里设置每隔5min进行一次备份操作。

5）选中"Use backup folder"选项，表示自动备份文件存放在系统默认的"C:\Program Files\

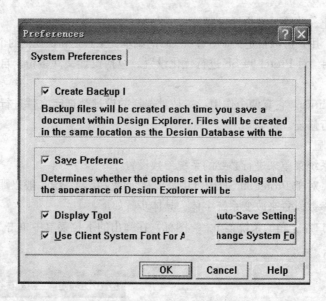

图 1-24 Preferences 对话框

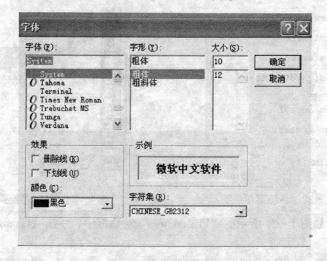

图 1-25 系统字体设置对话框

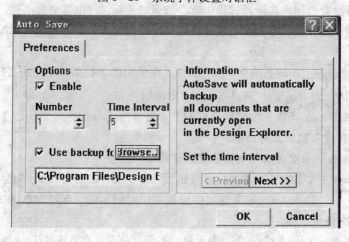

图 1-26 自动存盘参数设置对话框

Design Explorer 99 SE Backup"目录下,如果想自行决定自动备份文件的存放路径,可单击【Browse ...】按钮进行选择。如果没有选中"Use backup folder"选项,则表示自动备份文件将存放于设计数据库文件的目录之下。

6)单击【OK】按钮完成设置。

1.8　Protel 99 SE 的文件管理

1.8.1　Protel 99 SE 的文件组成

Protel 99 SE 的默认安装目录是"C:\Program Files\Design Explorer 99"(如果用户不改变的话),这个目录下有 5 个子目录,初学者一定要熟悉 5 个子目录的功能。

(1) Backup(备份)子目录。系统会对当前打开的设计数据库文件按照一定的时间间隔进行自动备份,备份的文件就存放在这个文件夹里。

(2) Examples(例子)子目录。Protel 99 SE 自带的例子均保存在这个文件夹里。当用户创建设计数据库文件时没有选择保存路径,则系统默认 Examples 文件夹为保存路径。

(3) Help(帮助)子目录。该目录里保存着 Protel 99 SE 所有的帮助文件。

(4) Library(库)子目录。该子目录下还存放着原理图元件库、PCB 元件封装库、PLD 元件库、信号完整性库和仿真元件库共 5 个子目录。这是用户接触最多的子目录。

(5) System(系统)子目录。这里存放着 Protel 99 SE 的系统文件,不能随意更改或删除,否则可能导致系统不能正常运行。

1.8.2　Protel 99 SE 的文件类型

由于 Protel 99 SE 使用了设计数据库这一思想,这样在设计过程中将会产生各种类型的文件,这些不同类型的文件都在一个统一的管理界面下,所以熟悉常见文件的类型,对文档管理可以做到心中有数。常见文件类型见表 1-1。

表 1-1　　　　　　　　　　　　　　　　　　Protel 99 SE 的文件类型

文件类型	文件扩展名	文件类型	文件扩展名
设计数据库	.ddb	项目文件	.prj
原理图文件	.Sch	网络表文件	.net
印制电路板文件	.pcb	自动备份文件	.bk * (*表示阿拉伯数字,为备份文件的序号)
文本文件	.txt	报表文件	.rep
元件库文件	.lib	可编程逻辑器件描述文件	.pld

1.8.3　Protel 99 SE 的文件编辑器

Protel 99 SE 的任一设计都是调用某一编辑器来工作的。在主界面之后,执行【File】→【New】命令。打开如图 1-27 所示对话框。窗口中显示着最常用的 10 个文件编辑器,从左至右,从上往下分别为:①CAM 输出编辑器;②文件夹编辑器;③PCB(印制电路板)编辑器;④PCB 元件库编辑器;⑤PCB 输出打印编辑器;⑥原理图(Sch)编辑器;⑦原理图元件库编辑器;⑧表格编辑器;⑨文本编辑器;⑩波形编辑器。

本书将主要介绍上面的原理图(Sch)编辑器、原理图元件库编辑器、PCB(印制电路板)

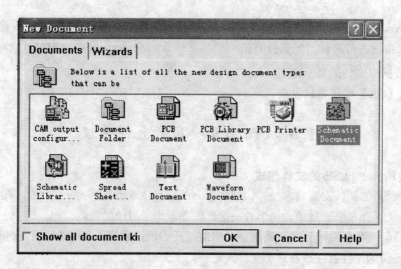

图 1-27　编辑器选择窗口

编辑器及 PCB 元件库编辑器四种。

1.8.4　Protel 99 SE 的文件编辑

文件编辑主要是对设计数据库及设计数据库中的文件进行建立、打开、保存、移动、复制、粘贴、重命名和删除等操作。

1. 创建设计数据库文件

(1) 执行菜单【File】/【New ...】命令,系统弹出如图 1-28 所示的新建设计数据库对话框。

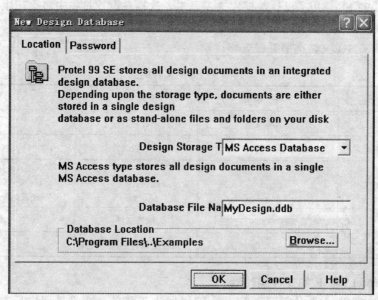

图 1-28　新建设计数据库对话框

(2) "Database File Name" 编辑框显示的是系统默认的数据库文件名 "MyDesign. ddb",用户可以修改为自己定义的设计数据库文件名。

(3) "Database Location" 选项下面显示的系统默认设计数据库文件存储的位置,单击【Browse ...】按钮,系统将弹出如图 1-29 所示的文件另存对话框,用户可以选择为新建数据库文件选择保存路径。单击【保存】按钮完成路径设置，返回新建设计数据库对话框，如图1-30所示。

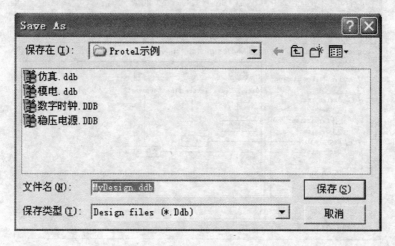

图1-29 文件另存对话框

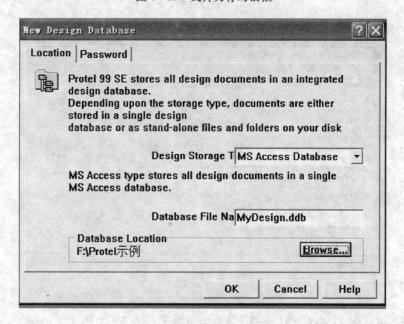

图1-30 数据库文件的存储位置

(4) 单击【OK】按钮，设计数据库文件"MyDesign.ddb"创建完毕，如图1-31所示。此时界面为设计管理器导航树，其中有三个其本身自带的内容：设计工作组管理器、回收站、文件夹。

2. 文件的复制、粘贴、删除、恢复与重命名

下面通过举例来说明文件各种操作。

(1) 文件的复制与粘贴。

1) 打开系统中数据库文件 C：\ Program Files \ Design Explorer 99 SE Examples \ Z80 Microprocessor. Ddb，点击 Z80 Processor 文件夹在右边编辑器窗口显示该目录下的全部设计文件，如图1-32所示。按住 Ctrl 键依次选中 Memory. sch、CPU Section. sch、CPU Clock. sch 三个文件。

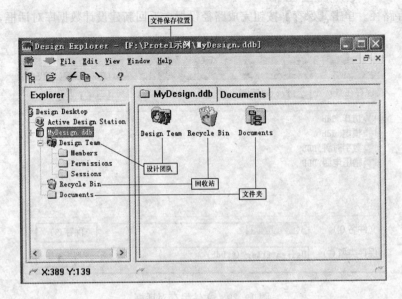

图1-31　设计管理器导航树

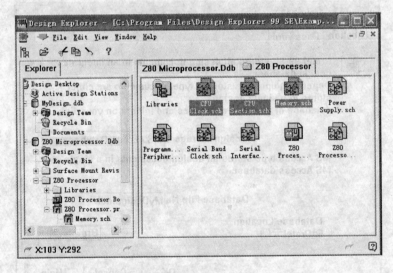

图1-32　选中数据库Z80 Microprocessor.ddb中的文件

2）执行菜单命令【Edit】/【Copy】，这样就复制了上述三个文件。

3）在左边文件管理器窗口中点击"MyDesign.ddb"前的"＋"号，展开设计数据库，再单击Documents文件夹，如图1-33所示。

4）执行菜单命令【Edit】/【Paste】，系统文件夹Z80 Microprocessor.Ddb中的Memory.sch、Power Supply.sch、Serial Baud Clock.sch三个文件就被复制到新建设计数据库MyDesign.ddb中的Documents文件夹中了，如图1-34所示。

文件的复制还有更简捷的方法，如图1-35所示，用鼠标左键按住待复制的文件，图中为"Power Supply.sch"，此时文件呈阴影显示。拖动鼠标移到目标文件夹的位置，如图1-36所示，这里选择的是"MyDesign.ddb"数据库中的"Documents"文件夹，然后释放鼠标，完成了文件的复制，结果如图1-37所示。这种方法复制文件的缺点是要在浏览器管理窗口中同时打开源文件夹和目标文件夹。

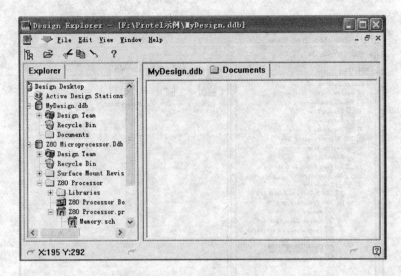

图 1-33 目标文件夹窗口

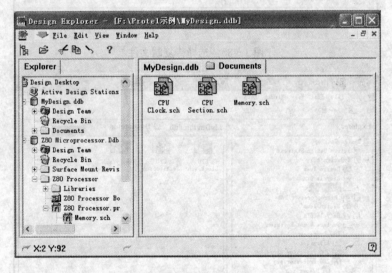

图 1-34 文件被复制到 Documents 文件夹中

（2）文件删除与恢复。右键单击选中的文件，弹出快捷菜单，单击"Delete 删除"命令；或先选中该文件，再执行菜单命令【Edit】→【Delete】；或先选中该文件，再直接按键盘上的"Delete"键，均可删除该文件，如图 1-38 所示。

在文件管理器窗口，单击"Recycle Bin"回收站文件夹，在右侧窗口显示刚刚删除的文件，只要在所需恢复的文件上单击右键，选择菜单命令【Restore】即可，如图 1-39 所示。

（3）文件的重命名。右键单击 Documeonts 文件夹中的 Memory. sch 文件，弹出快捷菜单，单击"Rename"命令，或执行菜单命令【Edit】/【Rename】，将其命名为 Z80Memory. sch 件（注意不能改变扩展名），如图 1-40 所示。

3. 设计数据库文件的打开与关闭

（1）数据库文件的打开。打开数据库文件很简单，执行菜单【File】/【Open …】命令或单击工具栏上的 图标按钮，系统会弹出如图 1-41 所示的对话框。可以点击向上一级图标 和转到访问的上一个文件夹图标 来选择要打开的设计数据库文件。

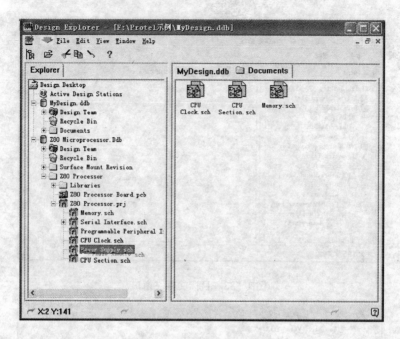

图1-35　选择待复制文件

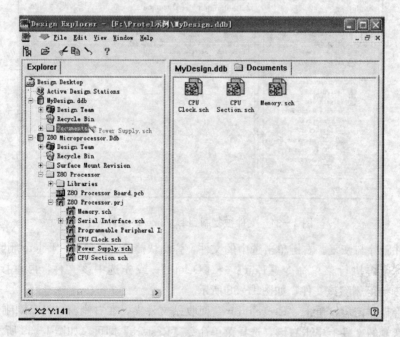

图1-36　文件的复制

　　还可以通过其他方法打开数据库文件，在没有启动 Protel 99 SE 的情况下，只要知道数据库文件的位置，双击要打开的数据库文件图标或右键单击数据库文件在弹出的下拉菜单中选择【Open】命令即可，如图1-42所示。

　　注意：由于 Protel 99 SE 所有文件都综合在一个集成的数据库文件中，一般是先打开数据库文件以后，再单独打开某一类型的文档。有时用户需要打开某单一文档，若直接双击文档可通过右键菜单打开，系统都要弹出对话框要求用户为其配置一个设计数据库，这样操作是不方便的，针对这种情况，一般是采取导入/导出方式较好。

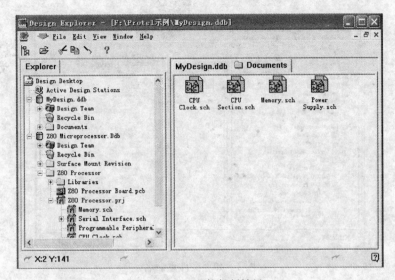

图 1-37　文件复制结果

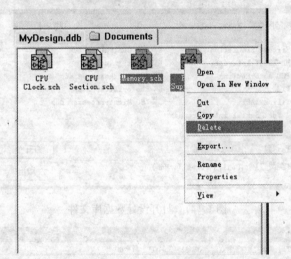

图 1-38　文件的删除

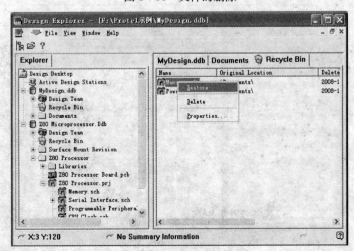

图 1-39　文件的恢复

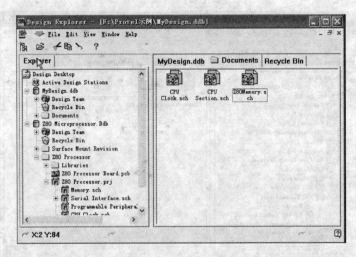

图 1-40　文件重命名

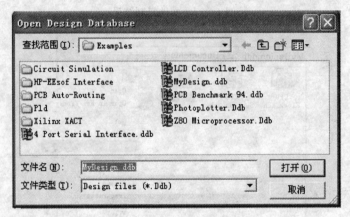

图 1-41　打开设计数据库文件

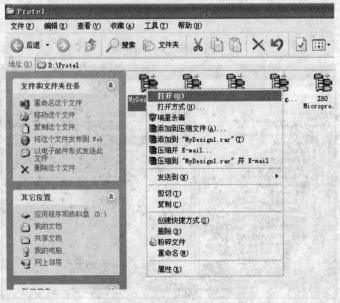

图 1-42　直接打开数据库文件

（2）文件的关闭。

1）数据库文件的关闭主要有以下三种方法：

a. 执行菜单【File】/【Exit】命令；

b. 直接单击工具栏上的 × 按钮；

c. 在文件编辑器窗口切换标签上鼠标右键单击数据库文件，在弹出的快捷菜单中选择【Close】命令，如图1-43所示。

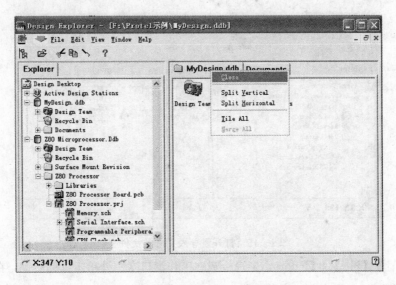

图1-43　数据库文件夹的关闭

2）文件的关闭主要有以下两种方法：

a. 执行菜单【File】/【Close】命令；

b. 在文件编辑器窗口切换标签上单击鼠标右键，在弹出的快捷菜单中选择【Close】命令，如图1-44所示。

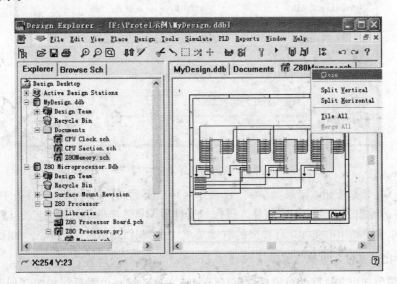

图1-44　文件的关闭

4. 文件的导入与导出

下面通过举例说明文件的导入与导出。

(1) 文件的导入。要求将 D：\ Protel 文件夹中的"单管共射放大电路 Sch"文件导入到新建的设计数据库文件中。

1) 打开新建数据库文件"MyDesign. ddb"及其内的"Documents"文件夹，目前文件夹里有三个文件，如图 1 - 45 所示。

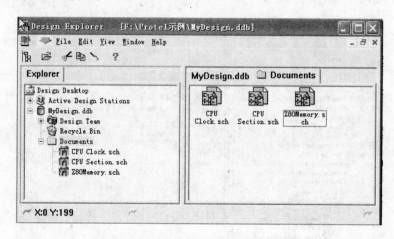

图 1 - 45　打开要导入文件的文件夹

2) 执行菜单【File】/【Inport ...】命令或在工作窗口空白处单击鼠标右键，在弹出的右键菜单中选择【Inport ...】命令，然后在弹出的对话框中选择要导入的文件，如图 1 - 46 所示。

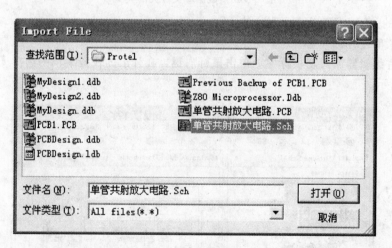

图 1 - 46　选择导入的文件

3) 单击【打开】按钮，结果如图 1 - 47 所示，可以看到文件已导入到文件夹中。

(2) 文件的导出。文件的导出是导入操作的逆过程，具体步骤是：

1) 右键单击要导出的文件，在弹出的右键菜单中选择【Export ...】命令，如图 1 - 48 所示。或先选中要导出的文件，再执行菜单【File】/【Export ...】命令。

2) 系统弹出导出文件存储位置对话框，选择好文件的保存位置后，单击【保存】按钮，如图 1 - 49 所示。

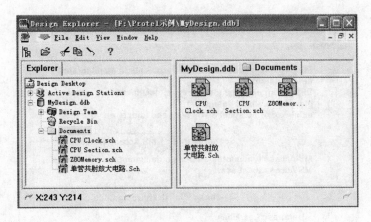

图1-47　文件的导入

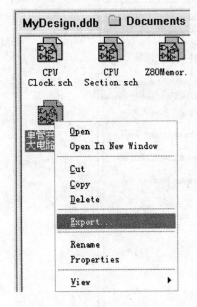

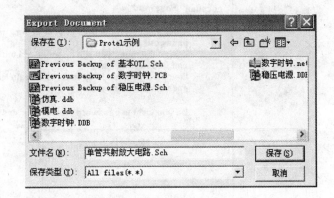

图1-48　导出文件操作　　　　　　　　图1-49　导出文件

1.9　工作组管理

下面通过具体操作来说明多个设计者在进行同一个项目设计时，系统管理员对工作组成员的工作权限及其范围进行设置的方法。

1.9.1　设置访问密码

（1）执行菜单【File】/【New Design ...】命令，新建一个设计数据库，如图1-50所示。

（2）单击"Password"标签，选中"Yes"单选框，密码编辑框处于活动状态，在"Confirm Password"编辑框中输入密码，并在"Confirm Password"编辑框中再重复输入密码进行确认，如图1-51所示。

（3）单击【OK】按钮，完成了新建数据库访问密码的设定。

注意这个密码的访问成员只能是管理员本人，换句话说，当要访问该数据库时，系统会弹出登录对话框，要求输入用户名和密码，这里的用户名应为"admin"。

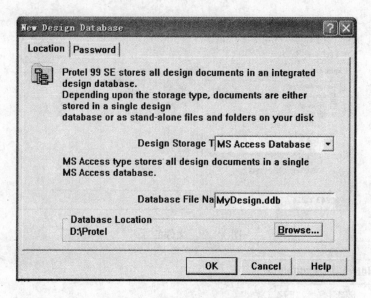

图 1-50　新建设计数据库文件

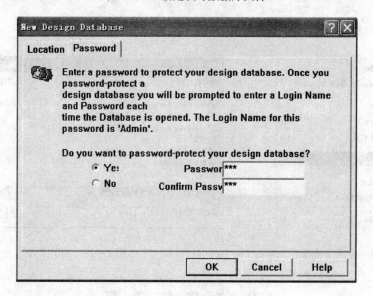

图 1-51　设定数据库访问密码

1.9.2　访问新建的设计数据库

(1) 关闭新建的设计数据库文件。

(2) 执行菜单【File】/【Open】命令，打开新建的数据库文件，系统弹出如图 1-52 所示的登录对话框，输入管理员名称和密码。

(3) 单击【OK】按钮，即可打开新建的数据库文件。

1.9.3　增加访问成员

(1) 单击设计数据库文件中"Design Team"前的"＋"，展开设计工作组，再单击"Members"文件夹，列出访问成员名单，如图 1-53 所示。

(2) 执行菜单【File】/【New Member ...】命令或在成员列表窗口空白处单击右键选择【New Member ...】命令，系统弹出如图 1-54 所示的成员属性对话框。输入新增成员的名称、

图1-52　访问数据库文件

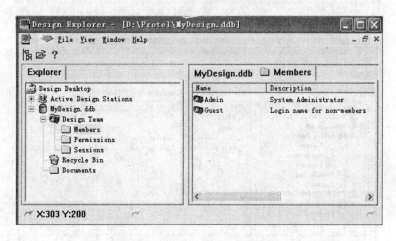

图1-53　设计组成员

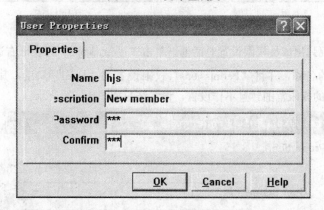

图1-54　增加访问成员设置

成员类型描述、新成员登录的密码以及重复确认密码。

（3）单击【OK】按钮，完成新增访问成员的创建，结果如图1-55所示，成员名单列表中增加一个名为hjs的新成员。

1.9.4　访问成员权限的修改

（1）单击"Permissions"文件夹，展开成员权限列表，如图1-56所示。

（2）执行菜单【File】/【New Rule ...】命令或在成员列表窗口空白处单击右键选择【New

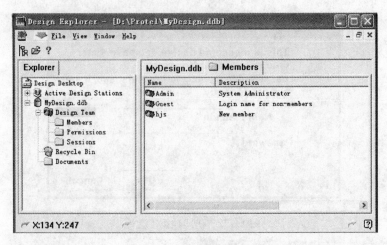

图 1-55　新增的访问成员

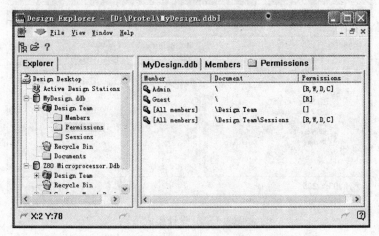

图 1-56　成员权限列表

Rule…】命令，系统弹出成员权限设置对话框。单击"User Scope"列表框右边的▾按钮，从中选择新增成员"hjs"的名称，并将"Permissions"权限设置为"Read"只读，其他项勾掉，"Document Scope"编辑框的权限范围暂且不作设置，设置结果如图 1-57 所示。

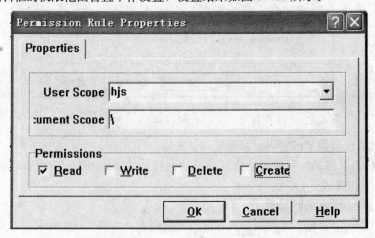

图 1-57　新增成员权限设置对话框

（3）单击【OK】按钮确定，完成新增成员的访问权限设置，结果如图 1 – 58 所示，从图可以看出新增成员 "hjs" 的权限仅为只读。

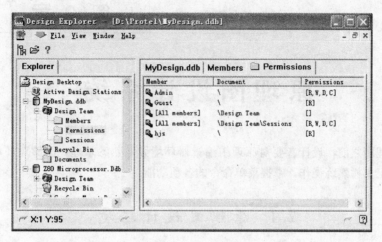

图 1 – 58　"hjs" 成员的权限范围设置

注意：只有以管理员身份才能对其他成员设置访问权限，每个成员只能按规定的权限对文档进行操作。

本 章 小 结

本章主要介绍了 Protel 99 SE 的基础知识与基础操作，主要包括 Protel 99 SE 的发展历程、系统组成与特点、安装与卸载、开发主界面、系统参数设置、文件管理及工作组管理等，目的是使读者对 Protel 99 SE 有一个初步的认识并能熟悉一些基本操作。

思 考 与 练 习

1. Protel 99 SE 设计系统由几部分组成？每部分有几个模块？

2. 简述 Protel 99 SE 的系统结构。

3. Protel 99 SE 的文件管理有何特点？

4. 如何快速打开最近编辑过的文档？

5. 用三种方法启动 Protel 99 SE 并建立名称为 "MyProtel" 的文件夹，在文件里新建设计数据库 "MyDesign. ddb"。

6. 将 "C：\ Program Files \ Design Explorer 99 SE \ Examples \ Z80 Microprocessor. Ddb" 里的 "Power Supply. sch"、"Memory. sch" 两个文件复制到新建的数据库中。

第 2 章

原理图设计系统

在绘制原理图之前，设计者要对原理图编辑器环境做到熟悉掌握，能够对环境参数进行设置，对常用的工具栏熟练操作，掌握菜单命令的各项功能。

2.1 原理图设计环境

2.1.1 新建原理图设计文件

（1）启动 Protel 99 SE 程序，按照前面章节所述建立 MyDesign.ddb 设计数据库，进入程序的主界面。

（2）按照以下任一方法打开文件编辑器选择对话框。

图 2-1 打开编辑器选择对话框

1）执行菜单【File】/【New】命令。

2）在工作窗口空白处单击右键弹出的下拉菜单中选择【New ...】命令。如图 2-1 所示。

执行上述命令后，系统弹出如图 2-2 所示对话框。

（3）选中 "Schematic Document" 编辑器图标，单击【OK】按钮或直接双击 "Schematic Document" 编辑器图标，就会建立一个默认名为 "Sheet1"、扩展名为 ".Sch" 的原理图设计文件。如图 2-3 所示。

（4）单击选中 "Sheet1.Sch" 图标，再按 F2 键或右键单击 "Sheet1.Sch" 图标，选择【Rename】命令将原理图文件更名为 "两级放大电路.Sch"，留作后用。

2.1.2 原理图编辑器界面

双击原理图文件 "两级放大电路.Sch" 图标，进入原理图设计编辑器界面，窗口顶部是菜单栏和主工具栏，底部是状态栏与命令栏，界面中间分两个窗口，左边的是设计管理器窗口，该窗口有两个标签，分别为文件浏览器标签和元件库浏览器标签，如图 2-4（a）、（b）所示。其中文件浏览器窗口是用来管理整个设计数据库的文档，文件以目录树的形式展开，管理方便简捷，这也是 Protel 99 SE 的 "SmartDoc" 技术所在。元件库浏览器窗口用来管理当前原理图绘制时需要的元件库、元件库中的元件编辑与放置、元件查找与显示等。

右边的是原理图编辑区窗口，如图 2-5 所示。该窗口正常时有连线工具栏与画图工具栏处于浮动状态，其他四个工具栏要通过菜单命令才可以打开。中间的图纸是原理图编辑区域，所有的操作均要在图纸内进行。

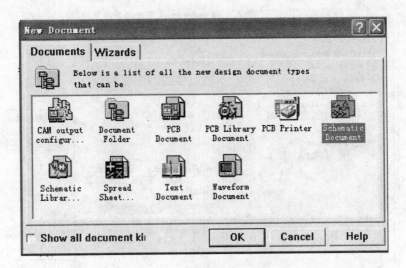

图 2-2 选择原理图编辑器窗口

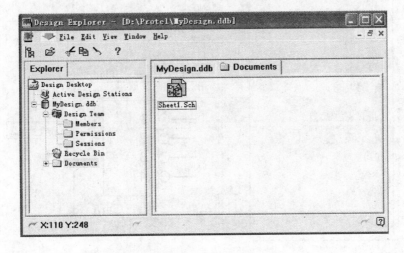

图 2-3 建立一个原理图文件

2.1.3 原理图编辑器界面的管理

1. 设计管理器窗口的打开与关闭

单击工具栏中的 图标按钮或执行菜单【View】/【Design Manager】命令。

2. 文件浏览器与元件库浏览器之间的切换

单击设计管理器窗口中的标签"Explorer"设计管理器即切换到文件浏览器；单击设计管理器窗口中的标签"Browser Sch"，设计管理器即切换到元件库浏览器。

3. 工具栏的打开与关闭

所有工具栏均可通过执行菜单【View】/【Toolbars】命令，展开各种工具栏的打开与关闭，如图 2-6 所示。例如，若当前主工具栏处于活动状态，只要单击子菜单中的【Main Tools】命令，即可关闭主工具栏，再重复执行一次，又打开主工具栏。值得注意的是主工具栏中有两个图标按钮，如图 2-7 所示，通过单击两个图标可以对边线工具栏和画图工具栏进行打开与关闭，这在电路图绘制时经常要用到。

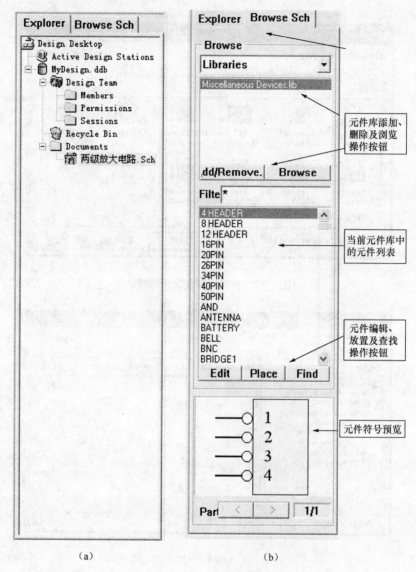

（a）   （b）

图 2-4　设计管理器窗口

（a）文件浏览器窗口；（b）元件库浏览器窗口

4. 工具栏位置的停靠

在绘制原理图时，有时为了方便需要改变工具栏的停靠位置，现以主工具栏为例说明如何操作。

（1）将主工具栏设置为浮动状态。将鼠标左键按住主工具栏的任一空白处，如图2-8所示，然后拖动到编辑区释放，主工具栏就处于浮动状态，如图2-9所示。

（2）将主工具栏拖至上、下、左、右任一位置。鼠标左键按住浮动主工具栏的空白处拖至相应的位置，然后松开鼠标即完成了主工具栏的位置改变，如图2-10所示，主工具栏被移至原理图编辑窗口底部。

5. 状态栏与命令栏的打开与关闭

执行菜单【View】/【Status Bar】命令，可对状态栏的打开与关闭状态进行切换，状态栏打开时将显示当前光标的坐标位置、当前所选择的操作对象及依次显示的功能键。

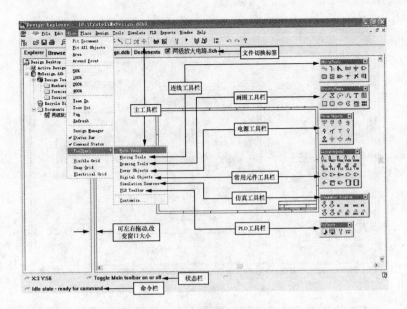

图 2-5 原理图设计编辑器

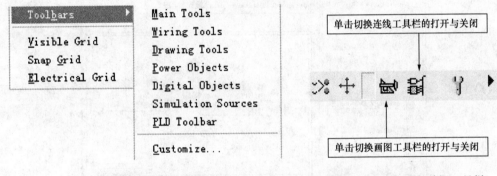

图 2-6 打开与关闭工具的子菜单   图 2-7 图标打开与关闭工具栏

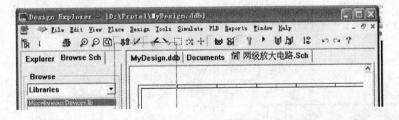

图 2-8 拖出主工具栏

执行菜单【View】/【Command Status】命令，可对命令栏的打开与关闭状态进行切换，命令栏关闭时将显示当前操作下的可用命令。

6. 图纸显示状态的放大与缩小

用户在进行原理图设计时，有时经常需要将绘图区放大或缩小，以满足工作要求。

（1）使用功能键放大或缩小图纸。无论当前光标处于什么状态，只要单击功能键就能改变图纸的显示状态。功能键的功能如图 2-11 所示。

（2）使用主工具栏里的图标按钮放大或缩小图纸。主工具栏里有两个图标按钮分别具有放大和缩小图纸的功能，如图 2-12 所示。

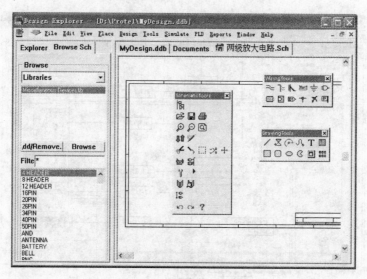

图 2-9　浮动的主工具栏

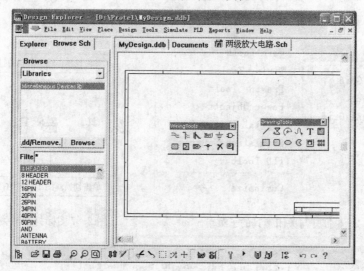

图 2-10　主工具栏停靠在窗口底部

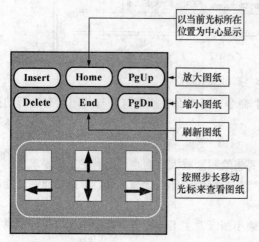

图 2-11　功能键的功能

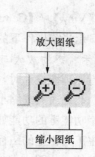

图 2-12　工具栏中的图标按钮

（3）使用菜单命令放大或缩小图纸。主菜单命令【View】中的各子菜单命令对图纸的放大或缩小操作更丰富，有些命令的具体操作将在后续章节中进一步介绍，各子命令如图2-13所示。

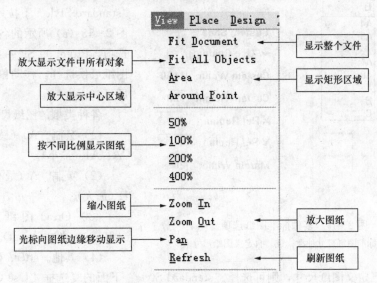

图2-13　菜单命令"View"中的子命令

2.2　原理图图纸设置

在进入原理图编辑环境时，系统会自动给出默认的图纸相关参数，但考虑到电路的复杂程度，绘制原理图之前先要对图纸重新进行设置，用户可利用原理图编辑器来定义图纸的尺寸和风格。

2.2.1　设置图纸外观参数

执行菜单【Design】/【Options …】命令，打开图纸属性设置对话框，如图2-14所示，原理图图纸的所有参数设置均在此完成。

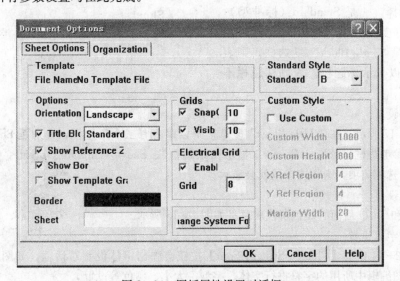

图2-14　图纸属性设置对话框

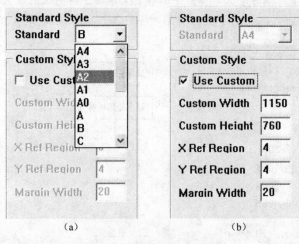

图 2-15　多种标准图纸选项
(a) 标准图纸尺寸种类；(b) 自定义图纸尺寸

1. 设置图纸大小

单击图 2 - 14 中右上角的 "standard Style" 下拉列表框，弹出如图 2-15 (a) 所示的各种图纸尺寸的选项，Protel 99 SE 一共有 18 种标准图纸可供选择，移动鼠标选定相应项即可。

各种类型的图纸尺寸分类如下：

(1) 公制。A0 (最大)、A1、A2、A3、A4 (最小)。

(2) 英制。A (最小)、B、C、D、E (最大)。

(3) Orcad 图纸。OrcadA、Or-cadB、OrcadC、OrcadD、OrcadE。

(4) 其他。etter、Legal、Tabloid。

如果想自己定义图纸尺寸，则可选择 "standard Style" 下面的复选框 "Use Costom"，可改变图纸尺寸大小，如图 2-15 (b) 所示，其中数值正好是 A4 图纸的尺寸大小。

2. 设置图纸方向

通过图 2 - 14 中 "Options" 区域中的 "Orientation" 下拉列表框可设定图纸是水平放置还是垂直放置。其中 Landscape 表示图形水平放置，Portrait 表示图形垂直放置，如图2-16所示。

3. 设置标题栏的类型

如图 2 - 17 所示，"Options" 区域中的 "Title Block" 复选框中有两种类型标题栏可供选择，一是 Standard (标准型)；二是 ANSI (美国国家标准协会)。当用 "√" 勾选了 "Title Block" 复选框，则表明图纸上可以显示标题栏，否则标题栏不显示。

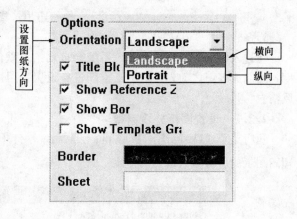

图 2-16　设置图纸方向

4. 显示设置

如图 2-17 所示，在 "Title Block" 复选框下紧跟着有三个复选框，分别是 Show Reference Zone (显示参考边框)、Show Border (显示图纸边框)、Show Template Graphics (显示模板边框)。只要勾选相应项，则相应参数就会显示。

5. 颜色设置

Border 和 Sheet 后面的颜色所代表意义如图 2-18 所示。

6. 系统字体设置

单击图 2-14 中的【Change System Font】按钮会弹出字体设置对话框，如图 2-19 所示，可以对原理图编辑中所用的字符进行字体、字型、大小、颜色等设置。

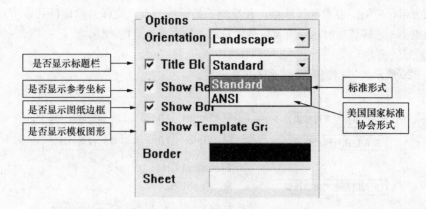

图 2-17 设置标题栏等显示参数

图 2-18 颜色设置

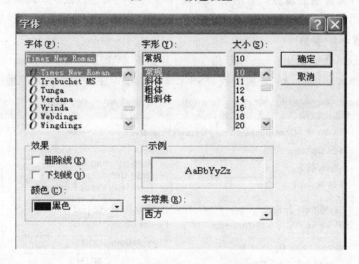

图 2-19 字体设置对话框

2.2.2 设置图纸栅格参数

1. 栅格概念

栅格是 Protel 99 SE 中非常重要的概念，只有弄懂栅格的概念，才会在以后的应用中准确可靠地设置，系统默认栅格单位为英制单位 mil。

（1）Snap On（锁定栅格）。又叫捕捉栅格，选中该项时，表示光标移动的单位间距，一般在放置图件时需要设置栅格大小。未选中该项，光标以 1mil 为基本单位移动。

（2）Visible（可视栅格）。选中该项时，图纸上就可以看到网格，其后的数值就是网格的大小，未选中该项时，网格就不可见。系统默认锁定网格与可视网格大小相等，这为元件的放置与线路连接带来了很大的方便，使用户可以轻松地排列元件和整齐地走线。

（3）Electrical Grid（电气栅格设置）。如果选中该项，在连接导线时，系统就自动地以 Grid 栏中的设置值为半径向周围搜索电气节点，若找到了最近的节点，光标自动地移到该节点上并显示一个小黑圆点。不选择该项时，系统就取消了自动寻找电气节点的功能。

2. 设置图纸栅格

如图 2-20 所示，可以进行图纸栅格参数设置。

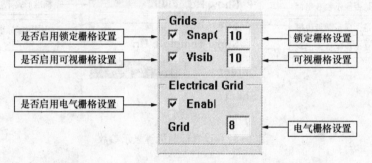

图 2-20　图纸栅格的设置

2.3　原理图工作环境设置

原理图工作环境参数的设置，有的是根据设计者的习惯来进行设定，而有的参数设置合理与否，会直接影响图面的质量与绘图效率。

2.3.1　设置环境参数

执行菜单【Tools】/【Preferences】命令，打开如图 2-21 所示的 Preferences 对话框，用户可以在这里设置原理图编辑器的环境参数，Schematic 选项卡主要用于设置原理图的环境参数。

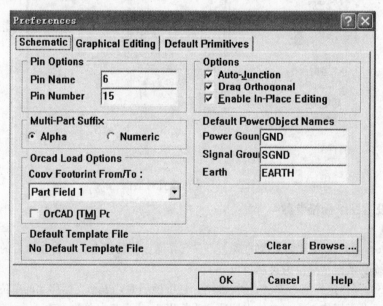

图 2-21　Schematic 选项卡

1. 设置管脚参数

"Pin Options" 区域主要用来设置原理图元件符号中的引脚名称和编号到元件符号边缘的距离，如图 2-22 所示。

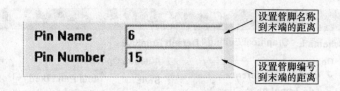

图 2-22　设置管脚参数

2. 设置多功能单元子件的后缀

Protel 99 SE 的元件库中有很多多功能单元元件，如 74LS00 就是由四个二输入与非门单元子件组成。"Multi-Part Suffix" 区域主要用来设置多功能单元子件的后缀编号方法，如图 2-23 所示。

3. 优化设置

在 "Options" 区域中，有三个复选框，用户可以根据自己的需要对原理图绘制过程进行优化设置。各项功能如下：

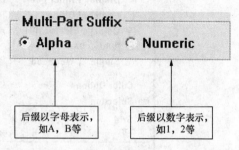

图 2-23　设置多功能单元子件的后缀

（1）Auto-Junction（自动连接）。选中该项，表示当导线连接出现 T 字形时，T 字形的交点会自动进行电气连接，并自动在接点处放置一个节点。如图 2-24（a）所示。如果不选择该项，即使进行 T 字形连接，连在一起的导线并没有真正电气意义上的连接，如图 2-24（b）所示，R3 并没有与 R1、R2 连接上。

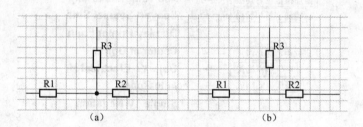

图 2-24　Auto-Junction 选项

（a）开启 Auto-Junction 选项；（b）关闭 Auto-Junction 选项

（2）Drag Orthogonal（正交拖动）。对于相连的两个元件对象，选中该项表示拖动对象过程中，相连接的导线只能在水平与垂直两个方向上移动，导线不能倾斜。如果关闭该选项，在拖动对象的过程中，相连接的导线将以距离最短的直线相连。

（3）Enale In-Place Editing（允许就地编辑）。选中该项表示除可以在相应的属性对话框中修改图件对象的属性以外，还可以在原理图中直接修改，如修改元件的序号、参数值等。

2.3.2　图形属性设置

如图 2-25 所示，Graphical Editing 选项卡用于设置原理图的图形属性。下面仅介绍常用的图形属性设置。

1. Options 区域设置

该区域的复选框都是用于设置原理图编辑环境的图形属性。如图 2-26 所示。

（1）Clipboard Reference。选中该复选框，表示在进行复制操作时，系统会要求用户确定复制参考点。复制时，十字光标相对于被复制对象的位置就是被粘贴对象相对于鼠标单击点的位置。

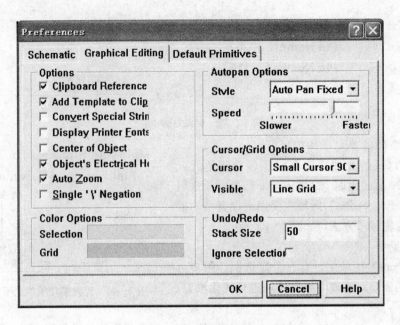

图 2-25　Graphical Editing 选项卡

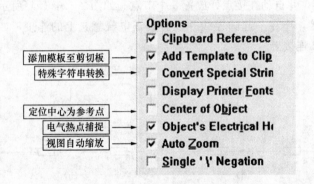

图 2-26　Options 区域图形属性设置

　　(2) Add Template to Clipboard。选中该项表示在复制或剪切原理图文件到第三方软件（如 word）中连同模板添加至剪切板中。

　　(3) Convert Special Strings。选中该项表示在编辑文本时，特殊字符串所表达的内容以实际意义显示在图形上或能打印显示。

　　(4) Center of Object。选中该项时，用户按住元件对象拖动时，光标定位于中心基准点，一般基准点为元件的左上角。关闭该项时，光标可以以元件任意位置为基准点进行拖动。

　　(5) Object's Electrical Hot Spot。选中该项时表示开启电气热点捕捉功能，这样在移动或拖动对象时，当鼠标指向元件并按下左键时，光标自动跳到该对象的电气连接点上。

　　2. 光标与栅格形状设置

　　如图 2-27 所示，在 Cursor/Grid Options 区域中，可以进行光标形状和栅格形状设置。

　　(1) 光标形状。

　　1) Small Cursor 90。小光标，90°角方向。

　　2) Small Cursor 45。小光标，45°角方向。

　　3) Large Cursor 90。大光标，90°角方向，光标十字线一直延长到工作区边缘。

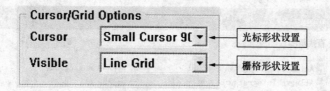

图 2 - 27 光标与栅格形状设置

（2）栅格形状。

1）Line Grid。栅格以线条显示。

2）Dot Grid。栅格以点线显示。

3. 撤销操作次数设置

如图 2 - 28 所示，在 Undo/Redo 区域中有一个
Stack Size（堆栈大小）的编辑框，它表示用户可以
快速地撤销当前操作，返回到前面的编辑状态，返
回的次数可以自行设定，默认情况下为 50 次。

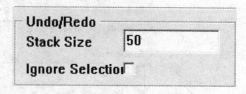

图 2 - 28 Undo/Redo 区域

2.4 添加原理图元件库和放置元件

绘制原理图时首先要把电路中元件符号所在的原理图元件库添加到当前原理图编辑器中，然
后才能在库中取用所需的元件符号放置到图纸编辑区。初次进入原理图编辑器时，可以看到元件
浏览器窗口系统已经默认载入一个名为"Miscellaneous Devices. Lib"元件库，该库中包含了最
常用的电路元件符号，如果用户所需的元件符号在其他库中就需要用户自己添加了。

2.4.1 添加与卸载

在 Protel 99 SE 中，原理图元件库文件（扩展名为 . Lib）都存在于数据库文件中（扩展名为
. ddb），有的数据库只包含一个原理图元件库文件，有的数据库却包含了多个原理图元件库文件。
下面以添加"International Rectifier. ddb"文件为例，来说明原理图元件库的添加与卸载。

1. 添加原理图元件库

（1）在设计管理器窗口中，单击"Browse"标签，进入元件库浏览器，【Add/Remove ...】
按钮或执行菜单【Design】/【Add/Remove Library】命令，系统会弹出如图2-29所示的添加/
删除元件库对话框。

（2）在系统安装文件夹"C:\Program Files\Design Explorer 99 SE\Library\Sch"中，可拖动
水平滚动条查找需要装载的数据库文件"International Rectifier. ddb"。

（3）单击选中"International Rectifier. ddb"数据库文件，再单击【Add】按钮，或直接双击
元件库文件，可以看到"International Rectifier. ddb"已经被添加到"Selected Files"区域中，如
图 2 - 30 所示。

（4）单击【OK】按钮，完成了"International Rectifier. ddb"数据库文件的添加。这时在元
件库浏览窗口中可以看到有 6 个元件库文件被添加进来，这说明"International Rectifier. ddb"
数据库中包含 6 个元件库文件，如图 2 - 31 所示。

2. 卸载原理图元件库

卸载原理图元件库与添加方法相似，具体步骤如下：

（1）在元件浏览器窗口中单击【Add/Remove ...】按钮或执行菜单【Design】/【Add/Remove

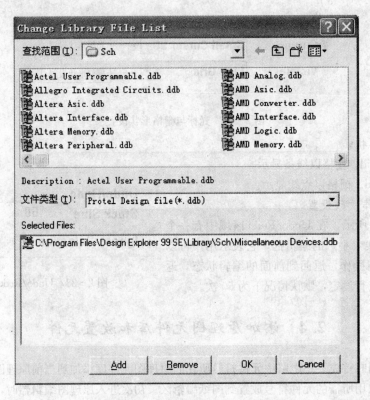

图 2-29 添加/删除元件库对话框

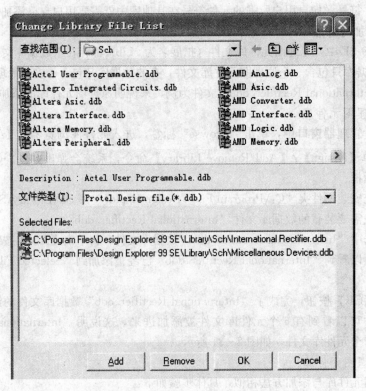

图 2-30 添加了"International Rectifier. ddb"库文件对话框

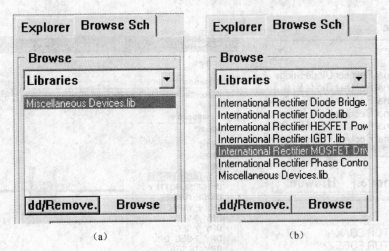

图 2-31 元件库的添加

(a) 添加前；(b) 添加后

Library】命令，系统会弹出如图 2-29 所示的添加/删除元件库对话框。

(2) 在对话框的"Selected Files"区域中单击选中要卸载的"International Rectifier.ddb"数据库，再单击【Remove】按钮。

(3) 最后单击【OK】按钮确定，即可完成元件库文件卸载。

2.4.2 放置元件

放置元件的方法有 5 种，对于元件名称不熟悉的用户，建议采用元件库浏览器放置元件，而对于元件名称非常熟悉的用户，可以采取菜单命令、浮动工具栏、快捷菜单等方法进行快速放置元件。

现以放置二极管元件为例来说明元件的放置操作。

1. 利用元件库浏览器放置元件

(1) 在如图 2-32 所示的元件库浏览器窗口中，单击"Miscellaneous Devices. Lib"元件库，此时在下面的元件列表框中将列出该库中所有的元件符。

(2) 拖动滚动条，找到二极管的文字符号"DIODE"。对初学者，可能不知查找元件符号，现介绍三个技巧。

1) 单击列表框中任意一个元件符号，然后按下键盘上的方向键"↑"或"↓"上下移动元件符号，每按下一次，就自动切换一个元件符号，并观察元件符号显示窗口的符号形状与自己需要的元件是否匹配。(注意，只有屏幕分辨率设置为 1024×768 才能看到显示窗口中的元件符号)

2) 也可以单击元件库浏览器窗口中的【Browse】按钮打开如图 2-33 所示的元件浏览窗口，在"Libraries"列表框中选择元件库文件，然后按下键盘上的方向键"↑"或"↓"移动元件符号，右边窗口中同步显示元件符号。

3) 还可以直接单击主工具栏上的 图标，同样打开如图 2-33 所示的窗口，操作方法同上。

(3) 单击【Place】按钮或直接双击元件名称，将光标移到原理图编辑器工作平台中，就可以发现元件随着光标的移动而移动，单击鼠标左键即可放置元件在相应的位置，如图 2-34（a）所示。此时，光标一直处于放置元件命令状态，如图 2-34（b）所示。重复上述操作，可连续放置各种元件。单击鼠标右键或按【Esc】键即可退出放置元件的操作。

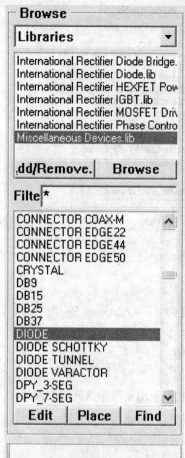

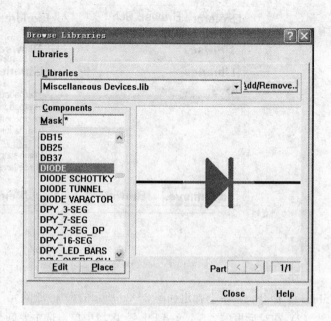

图 2-33 元件浏览窗口

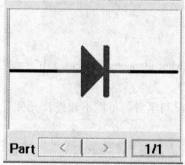

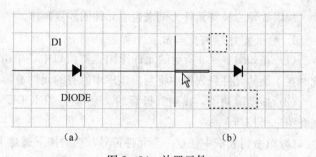

图 2-34 放置元件
(a) 放置完毕；(b) 处于放置命令状态

图 2-32 选择二极管元件符号

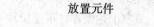

图 2-35 利用工具栏
放置元件

2. 利用工具栏放置元件

（1）点击浮动工具栏上的 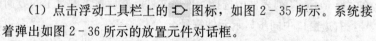 图标，如图 2-35 所示。系统接着弹出如图 2-36 所示的放置元件对话框。

（2）只要在 Lib Reference 文本编辑框中输入元件的名称（本例为 "DIODE"），Designator（序号）、Part Type（元件参数）及 Footprint（元件封装）可根据需要填写。

（3）单击【OK】按钮，返回到原理图编辑窗口，此时元件跟随光标移动，在合适的位置单击鼠标左键即可完成元件放置工作。接着又出现放置元件对话框，如果用户想继续放置相同元件，点击【OK】按钮即可；

若想放置新的元件，输入新的元件名称即可；如果不需要放置元件，单击【Cancel】按钮退出。

3. 利用快捷菜单放置元件

在原理图编辑区，直接单击右键，在弹出的快捷菜单上选择"Place Part"，如图2-37所示。紧接着系统弹出如图2-36所示的放置元件对话框，其他步骤与利用工具栏放置元件完全相同。

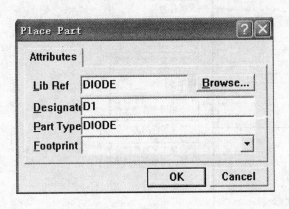

图 2-36 放置元件对话框

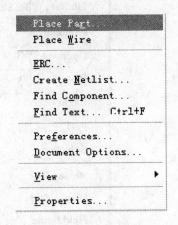

图 2-37 右键快捷菜单放置元件

4. 利用菜单命令、快捷键放置元件

1）执行菜单【Place】/【Part ...】命令；

2）在键盘上依次按下 P/P 键。

执行以上任一操作，系统弹出如图2-36所示对话框，其他步骤与利用工具栏放置元件完全相同，这里不再赘述。

2.5 元 件 的 编 辑

元件的编辑操作种类较多，而每种编辑都有好几种方法，主要是通过主工具栏按钮、菜单命令、快捷键来实现操作。

2.5.1 元件的属性编辑

原理图中的每一个元件都有特定的属性，属性设置的正确与否将会影响到后面的印制电路板的设计。元件的属性编辑可以在放置元件当时、绘制原理图过程中或绘制原理图完成以后任何时刻进行，最好能够一次给予正确编辑。

以下四种方法均可打开元件属性对话框，现以电阻属性编辑为例来说明。

（1）当元件处于放置命令状态时，按下"Tab"键；

（2）若元件已经放置在原理图编辑区，则双击元件符号；

（3）若元件已经放置在原理图编辑区，用鼠标左键按住元件再按下"Tab"键；

（4）执行【Edit】/【Change】菜单命令，鼠标应为十字光标后单击元件。

当执行上述任一命令后，系统弹出如图2-38所示的属性编辑对话框。

2.5.2 元件的选取与消除

1. 元件的选取

元件的选取在进行下列任一操作后，光标变为十字形状，将光标移到要选择的目标区单击鼠

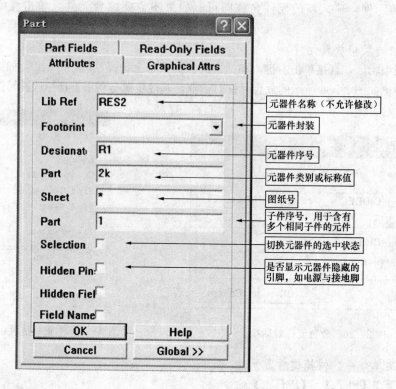

图 2-38 元件属性编辑对话框

标左键，确定矩形选取区域的左上角，然后移动鼠标确定矩形选取区域的右下角并单击鼠标左键，则在矩形区域内的所有对象被选取，选取区域呈黄色显示。

（1）单击主工具栏上的 图标，如图 2-39 所示。

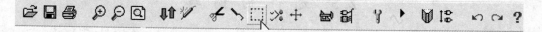

图 2-39 元件选取的工具栏命令

（2）执行【Edit】→【Select】→【Inside Area】命令，如图 2-40 所示。

（3）按下快捷键 E/S/I。

还有一种更简单的元件选取方法：直接在目标区左上角单击鼠标左键，按住鼠标左键拖到目标区的右下角松开鼠标，则在区域内的所有对象被选取。如图 2-41 所示。

2. 元件的点取

在实际操作中有时要对单个元件实现点取操作，点取即直接单击元件本身。图 2-42 （a）、(b)、(c) 分别表示元件正常状态、选取状态和点取状态时的情况。

3. 元件选取的消除

执行下列任一条命令均可实现元件选取的消除。

（1）直接单击主工具栏上的 图标，如图 2-43 所示。

（2）执行菜单【Edit】/【DeSelect】/【All】命令。

（3）按下快捷键 E/S/A。

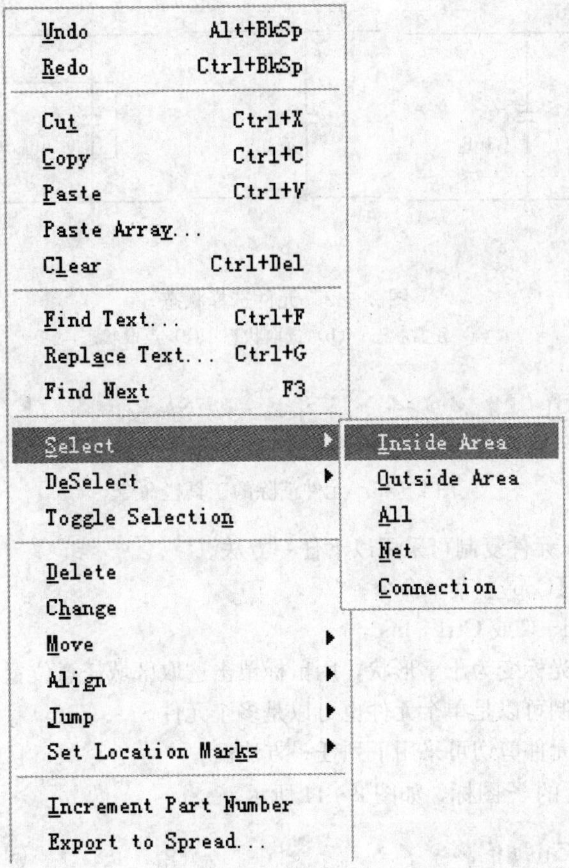

Undo Alt+BkSp
Redo Ctrl+BkSp
Cut Ctrl+X
Copy Ctrl+C
Paste Ctrl+V
Paste Array...
Clear Ctrl+Del
Find Text... Ctrl+F
Replace Text... Ctrl+G
Find Next F3
Select
DeSelect
Toggle Selection
Delete
Change
Move
Align
Jump
Set Location Marks
Increment Part Number
Export to Spread...
Inside Area
Outside Area
All
Net
Connection

图 2-40　元件选取的菜单命令

XTAL2
4.915MHz
R3
470R
R4
470R
U9F
U9E
C9
0.1μF
13
12
11
10
9
74LS04
74LS04

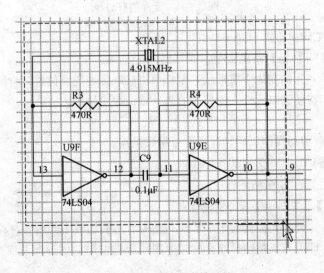

图 2-41　元件的直接选取

2.5.3　元件的复制/剪切、粘贴与删除

1. 元件的复制/剪切

只有先选取元件以后，才能进行元件的复制/剪切。

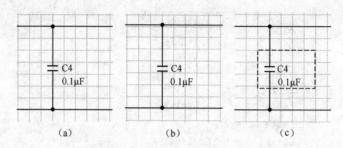

图 2-42　元件选择状态

(a) 正常状态；(b) 选取状态；(c) 点取状态

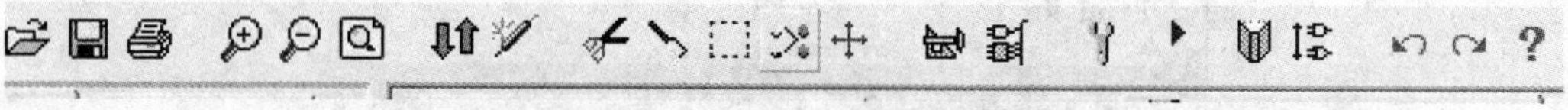

图 2-43　元件消除的工具栏命令

(1) Copy（复制）。元件复制可采用以下任一方法。

1) 执行【Edit】/【Copy】菜单命令；

2) 使用快捷键 Ctrl+C 或 Ctrl+Ins。

执行上述命令后，光标变为十字形状，用鼠标单击选取区域任意位置，将所有选取对象复制到剪切板中。元件的复制可以是单个元件也可以是多个元件。

(2) Cut（剪切）。元件剪切可采用下列任一方法。

1) 单击主工具栏上的 图标，如图 2-44 所示。

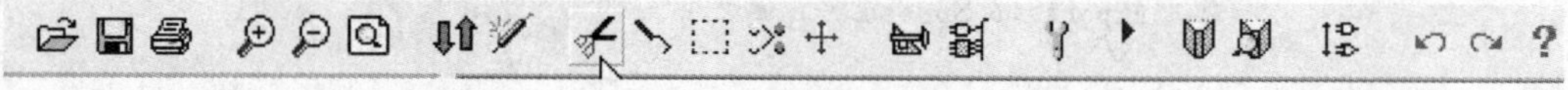

图 2-44　元件的剪切

2) 使用快捷键 Ctrl+X 或 Shift+Del。

3) 执行【Edit】/【Cut】菜单命令。

执行上述命令后，光标变为十字形状，鼠标单击选取区域任意位置，将所有选取对象剪切到剪切板中。剪切操作将使选取元件在原位置丢失，该命令要慎用。

2. 元件的粘贴

对元件进行复制/剪切操作以后，即可进行粘贴操作。

(1) 使用快捷键 Ctrl+V 或 Shift+Ins；

(2) 单击工具栏上的 粘贴图标；

(3) 执行【Edit】/【Paste】菜单命令。

执行上述命令后，此时光标变为十字形状并粘附着的剪切板中的内容，移动鼠标到合适的位置，单击鼠标左键，即可完成粘贴操作。此时原理图上被粘贴的内容与复制/剪切的对象完全一样并呈选中状态。

3. 元件的删除

当多放或错放元件时，则可通过删除操作来进行修正。Protel 99 SE 提供了多种删除元件的方法。

(1) 删除未选取的元件。删除未选取的元件在绘制原理图时经常用到，单击元件使元件处于点取状态，再按下"Delete"键即可删除该项元件。

（2）删除选取的元件。当很多元件需要删除时，一个一个删除显然太慢，可通过先选取后删除的方法进行快速删除。执行【Edit】/【Clear】菜单命令，工作台上的所有选取对象将全部清除。

（3）删除选取或未选取的元件。执行【Edit】/【Delete】菜单命令或按快捷键 Ctrl＋Del 命令，光标变为十字形状，移动鼠标至要删除的元件符号上单击一下即可删除该元件。此时光标仍处于命令状态，可继续进行删除操作，单击鼠标右键或按下"Esc"键可退出删除操作。

（4）其他的删除元件方法。有时通过撤销操作或剪切操作同样可以实现元件的删除。

2.5.4　元件的阵列粘贴

阵列式粘贴是一种特殊的粘贴方式，该操作可一次性将同一个元件按指定的数量、指定的间距粘贴在原理图中。具体操作如下：

（1）复制选取的元件。

（2）执行【Edit】/【Paste Array】菜单命令或单击 Drawing Tools 浮动工具栏上的 ⠿ 图标按钮。

（3）在系统弹出如图 2-45 所示的设置阵列粘贴对话框，设置完成之后，单击【OK】按钮。

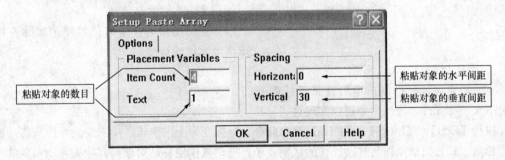

图 2-45　阵列粘贴设置对话框

（4）这时光标变为十字形状，移动光标至阵列粘贴位置，单击鼠标左键，完成阵列粘贴操作。图 2-46 所示为复制的对象，图 2-47 所示为按照图 2-45 设置进行阵列粘贴的结果。

2.5.5　元件位置的改变

在绘制原理图时，改变元件位置是常有的事，即使电路绘制完毕，也经常需要对某些元件位置作适当的调整，元件的移动通常有以下几种类型。

1. 移动单个元件

移动单个元件一般有两种方法。

（1）鼠标左键直接按住需要移动的元件不放，如图 2-48 所示，移动光标至合适的位置松开鼠标左键，即完成了单个元件的移动。

图 2-46　复制的对象

图 2-48　移动单个元件　　　　　图 2-47　阵列粘贴的结果

（2）执行【Edit】/【Move】/【Move】菜单命令，光标变为十字形状，将光标移动到所要移动的元件上单击左键，元件符号立即粘附在光标上，此时松开鼠标左键也不影响元件符号的粘附，移动光标至合适的位置单击左键即可完成移动操作。此时光标仍处于命令状态，可继续移动其他元件，单击鼠标右键或按下"Esc"键可退出移动命令状态。

2. 多个元件的移动

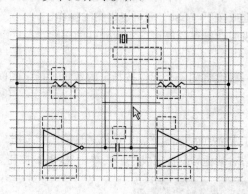

图 2-49　多个元件移动

多个元件的移动首先必须选取所要移动的元件，选取的方法在前面已经介绍，具体步骤如下：

（1）选取多个元件。

（2）单击主工具栏上的 ✛ 图标按钮或执行【Edit】/【Move】/【Move Selection】菜单命令，光标变为十字形状。

（3）移动光标至选取区域的任一位置单击鼠标左键，选取区立即粘附在光标上并跟随光标移动，如图 2-49 所示。

（4）移动光标至合适的位置单击鼠标左键即完成多个元件的移动。

3. 元件的拖动

有时需要保证元件间的电气连接不能断开的情况下来移动元件，拖动命令可以实现这一操作。

执行【Edit】/【Move】/【Drag】菜单命令，光标变为十字形状，接下来的操作与移动操作命令相同。只是拖动操作与移动操作的区别在于，拖动操作使移动对象与其他未移动对象的连接关系继续保持，而移动操作却使这种连接关系不复存在，如图 2-50 所示。

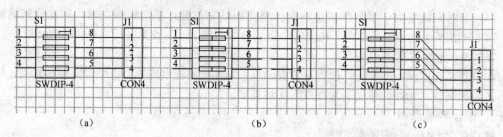

图 2-50　移动与拖动结果比较
（a）连接的对象；（b）移动操作；（c）拖动操作

4. 元件的旋转

在实际绘图时，经常要求对元件方向进行改变，Protel 99 SE 没有具体的命令，但却提供了很有用的功能热键。元件的旋转操作必须要在英文状态下，并且鼠标左键按住要旋转的元件不能松开。

（1）90°旋转。单击 Space（空格）键一次，元件以光标位置为参考点逆时针旋转 90°。效果如图 2-51 所示。

（2）水平翻转。单击 X 键，元件以纵轴为对称轴并以光标位置为参考点进行翻转。效果如图 2-52 所示。

（3）垂直翻转。单击 Y 键，元件以横轴为对称轴并以光标位置为参考点进行翻转。效果如图 2-53 所示。

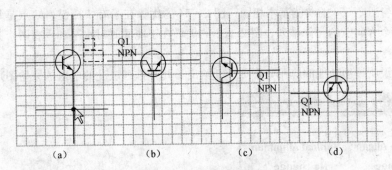

图 2-51　90°旋转的效果

(a) 初始位置；(b) 旋转 90°；(c) 旋转 180°；(d) 旋转 270°

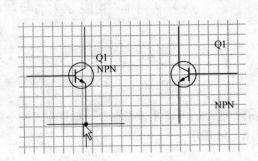

图 2-52　元件水平翻转

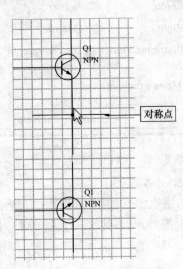

图 2-53　元件垂直翻转

2.5.6　元件的排列与对齐

在进行元件布置时，利用排列与对齐命令，不但可以使电路整齐、美观而且可极大地提高工作效率，尤其在后面的印制电路板元件布局时，该项命令使用频率很高。

执行【Edit】/【Align】菜单命令，弹出如图 2-54 所示的子菜单；执行【Edit】/【Align】/【Align】命令，弹出如图 2-55 所示的元件对齐设置对话框。

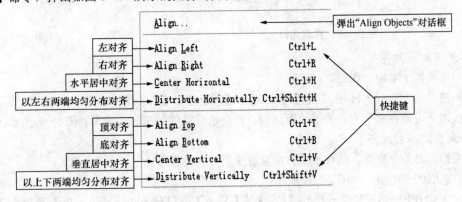

图 2-54　元件对齐命令子菜单

图 2-55 与图 2-56 的功能基本相同，图 2-54 的优势在于有快捷键，缺点是每次只能改变水平或垂直一个方向上的元件排列，图 2-55 的优势在于能同时对水平和垂直两个方向对元件进行排列。

下面举例说明该项功能的应用，图 2-56 给出了几个排列散乱的电阻的原始图形。

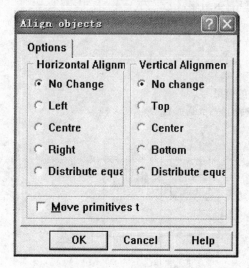

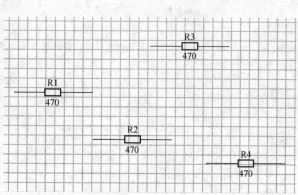

图 2-55　元件对齐设置对话框　　　　　　图 2-56　原始图形

1. 左对齐

（1）选取四个电阻，如图 2-57 所示。

（2）按 Ctrl＋L 键或执行【Edit】/【Align】/【Align Left】菜单命令，即可完成四个电阻的左对齐排列，然后消除元件的选取，结果如图 2-58 所示。

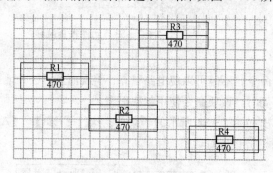

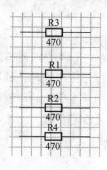

图 2-57　选取元件　　　　　　　　　　　图 2-58　左对齐元件

2. 水平均布对齐

（1）选取四个电阻，如图 2-57 所示。

（2）按 Ctrl＋Shift＋H 键或执行【Edit】/【Align】/【Distribute Horizontally】菜单命令，即可完成四个电阻在水平方向的等间距排列，然后消除元件的选取，结果如图 2-59 所示。

3. 垂直均布右对齐

此项操作是复合操作，既有水平方向又有垂直方向的操作。

（1）选取四个电阻，如图 2-57 所示。

（2）按 Ctrl＋Shift＋V 键或执行【Edit】/【Align】/【Distribute Vertically】菜单命令。

（3）再按一次 Ctrl＋T，然后消除元件的选取，结果如图 2-60 所示。

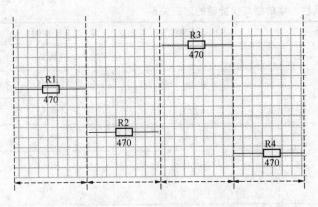

R1
470
R2
470
R3
470
R4
470

图 2-59　元件水平均布对齐

R3
470
R1
470
R2
470
R4
470

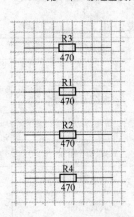

图 2-60　垂直均布右对齐

其他排列对齐操作这里就不再赘述了，相信通过上面三个操作应该对此项菜单功能有所理解。

2.6　原理图电气连接

对于放置在原理图编辑区的元件，只有通过电气连接才能构成完整的电路，Protel 99 SE 中的电气连接就是要将具有相同电气连接的元件的引脚用导线接到一起。有时用其他的电路符号也能完成电气连接任务，Place 菜单提供了原理图电气连接时的各种命令，如图 2-61 所示。具有同样功能的 Wiring Tools 浮动工具栏如图 2-62 所示。还可以通过快捷键完成同样的操作。

为了叙述方便，我们把三者之间的对应关系用表 2-1表示出来，在以后的叙述中，除第一项放置导线以外，其他电路符号的放置只以浮动工具栏的相应按钮来进行说明。

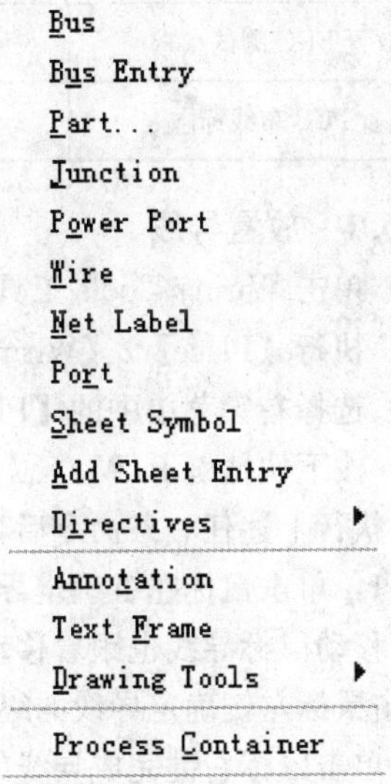

Bus
Bus Entry
Part...
Junction
Power Port
Wire
Net Label
Port
Sheet Symbol
Add Sheet Entry
Directives
Annotation
Text Frame
Drawing Tools
Process Container

图 2-61　原理图电气连接菜单命令

放置总线
放置总线入口
放置网络标号
放置电源端口
WiringTools
放置导线
放置元件
放置电路方框图
放置PCB布线标志
放置方框图接口
放置电路端口
放置节点
不放置电气规则检查

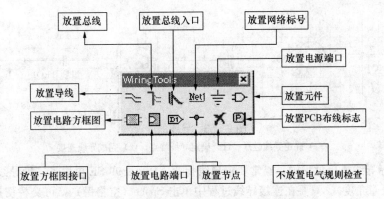

图 2-62　原理图电气连接浮动工具栏命令

表 2－1　　　　　　　　　连线工具栏、菜单栏与快捷键的对应关系

电路符号	图标	Place 菜单	快捷键
放置导线	〜	Wire	P/W
放置总线	ト	Bus	P/B
放置分支线	ト	Bus Entry	P/U
放置网络标号	Net1	Net Label	P/N
放置电源对象	÷	Power Port	P/O
放置元件	⊃	Part···	P/P
放置电路方框图	▣	Sheet Symbol	P/S
放置电路方框图接口	▣	Add Sheet Entry	P/A
放置输入/输出接口	▣▷	Junction	P/R
放置节点	⊤	Directives	P/J
放置 ERC 测试点	✕	Directives /No ERC	P/I/N
放置 PCB 布线标志	℗	Directives /PCB Layout	P/I/P

2.6.1　放置导线

（1）单击 Wiring Tools 工具栏上的 〜 图标按钮；

（2）执行【Place】/【Wiring】菜单命令；

（3）选择右键菜单中的【Place Wring】命令；

（4）按下快捷键 P/W。

1）执行上述任一条命令后，光标变成了十字形状，将光标移到元器件管脚处随即出现电气捕捉热点，单击鼠标左键确定导线的起点，如图 2－63（a）所示。

2）移动鼠标导线也跟着移动，到终点管脚处会自动出现电气捕捉热点，如图 2－63（b）所示，单击鼠标左键确定导线的终点。

3）单击鼠标右键完成导线的连接。如图 2－63（c）所示。但光标仍处于连接导线命令状态，可以继续从新的起点进行导线连接；若双击鼠标右键或按下"Esc"键才退出连接导线命令状态，导线绘制结束。

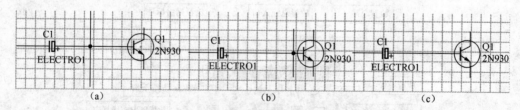

图 2－63　导线的放置

(a) 确定导线起点；(b) 确定导线终点；(c) 完成导线连接

4）在实际导线连接过程中，经常要求导线拐弯，Protel 99 SE 提供了三种导线拐弯模式（直角、45°角、任意角度）。只要在连接导线过程中单击 Space（空格键）就可交替切换这三种模式。如图 2－64 所示。

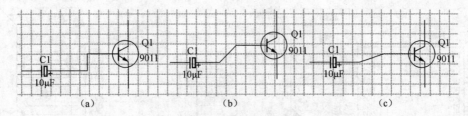

图 2 - 64　导线拐弯模式

(a) 直角模式；(b) 45°角模式；(c) 任意角度模式

2.6.2　放置总线

总路线是一组具有相同性质的并行信号线的组合，在数字电路的设计中，经常用到具有地址线和数据线的芯片，如果采用总线来代替一组导线的连接，可大大简化原理图的连线操作。放置总线的步骤如下：

（1）单击 Wiring Tools 工具栏上的 ⌐ 图标按钮。

（2）光标变成了十字形状，将光标移到需要放置总线的位置单击鼠标左键，确定导线的起点，移动光标（若需要转折，方法与绘制导线相同）到终点处单击鼠标左键加以确定，双击右键退出，即完成了一条总线的绘制。如图 2 - 65 所示。

2.6.3　绘制总线分支线

总线与导线的连接必须要用总线分支线来连接，具体步骤如下：

（1）单击 Wiring Tools 工具栏上的 ⯅ 图标（放置总线分支）。

（2）光标变成了十字形状，并带着分支线 "\" 和 "/" 形状，每单击空格键一次，分支线的方向就偏转 90°。

（3）移动光标到总线，单击鼠标左键

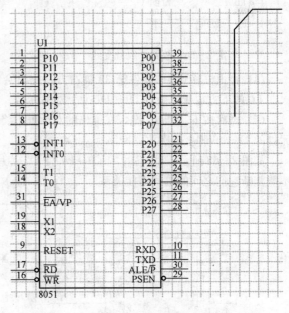

图 2 - 65　总线的放置

即可放置一条分支线，连续放置完毕，单击鼠标右键或 Esc 键即可退出分支线的绘制。如图 2 - 66 所示。

（4）将总线分支线与各元件引脚用导线连接，结果如图 2 - 67 所示。

2.6.4　放置网络标号

在 Protel 中，元器件之间的电气连接关系可以直接通过绘制导线表示以外，还可以通过放置网络标号来表示元器件之间的电气连接，具有相同网络标号的电气接点相当于导线连接在一起。不论有多少接点，只要它们的网络标号名相同，则它们在电气含义上属于同一网络。具体操作步骤如下：

（1）单击工具栏上的 Net 图标按钮。

（2）光标变为十字形状，并出现一个随光标移动的虚框，单击 "Tab" 键，系统弹出网络标号属性设置对话框。

（3）在 "Net" 编辑框中输入 D0，然后单击【OK】按钮。

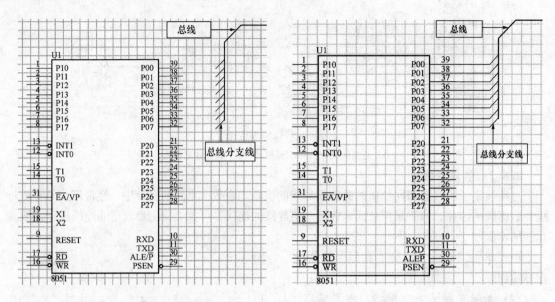

图 2-66　放置总线分支线　　　　　图 2-67　完成了总线与导线之间的连接

（4）将虚框移到 U1 元件第 39 脚右方，此时会出现电气捕捉热点，单击鼠标左键确定。依次在 D0 的下方放置其余的 D1～D7 七个网络标号。

（5）再次按下 "Tab" 键，在弹出的对话框中将 "Net" 编辑框中的名称改为 D0，然后在 U2元件的 11～19 脚上依次放置网络标号 D0～D7。

如图 2-68 所示，U1 芯片的 D0～D7 与 U2 芯片的 D0～D7 是分别相连的，即使删除总线也不能割断它们之间的电气连接关系。

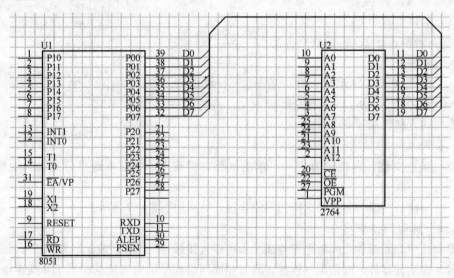

图 2-68　网络标号的放置

2.6.5　放置电源对象

Protel 99 SE 提供了 12 种电源和接地符号供用户选择，每一种符号都对应着特定的使用意义。执行【View】/【Toolbars】/【Power Objiects】菜单命令，系统弹出如图 2-69 所示的电源和接地符号工具栏。此操作图形直观，需要哪个图形符号，就直接将该图形符号拖动原理图编辑区即可，但放置一次符号就执行一次菜单命令，显然很不方便。

下面通过工具栏上的命令按钮来说明如何放置电源与接地符号。

（1）若单击工具栏上的 ⊤ 图标按钮。

（2）光标变为十字形状，电源与接地图形符号粘附在光标上，单击"Tab"键，系统弹出如图 2-70 所示的电源与接地符号属性设置对话框。

图 2-69　电源与接地符号工具栏　　　　图 2-70　电源与接地符号属性设置对话框

（3）在对话框中主要有两项内容需要设置，一是在"Net"编辑框中输入电源对象的网络名称，二是在"Style"下拉列表框中选择电源对象类型。各项与电源工具栏图标对应关系如图 2-71 所示。

（4）其他属性不必设置，单击【OK】按钮，完成电源与接地符号的属性设置，移动鼠标到原理图中相应位置，单击鼠标左键完成某一电源对象的放置。此时光标仍处于放置电源对象命令状态，如果要继续放置电源对象，再次单击"Tab"键，重复第（3）步操作即可，单击鼠标右键或按 Esc 键结束该命令状态，图 2-72（a）、（b）分别为电源对象放置前后的电路。

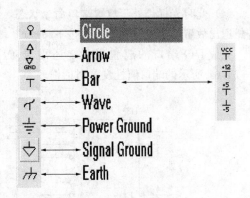

图 2-71　电源对象类型与工具栏图标对应关系

2.6.6　放置电气接点

在 Protel 99 SE 中，对于 T 形连接电路，系统会自动在交叉点处放置电气接点，但在十字形交叉点处，系统默认是不放置节点的，这里需要手动添加节点，添加节点有两种方法。

（1）在连线过程中，碰到十字形交叉点，若此处需要添加节点，只要单击鼠标左键，则系统会自动在交叉点处放置一节点，然后可继续连接导线。

（2）通过工具栏命令或菜单命令放置节点，执行命令后光标处于放置电气节点命令状态，移动鼠标至要放置节点的位置，单击鼠标左键即可完成电气节点的放置。此时光标仍处于命令状态，可重复放置其他的节点，单击鼠标右键或按下"Esc"键，则退出命令状态。

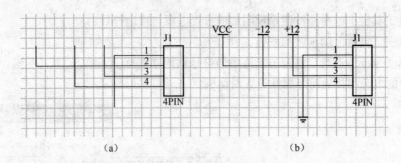

图 2-72　放置电源对象

(a) 未放置电源对象的电路；(b) 已放置电源对象的电路

2.6.7　放置输入/输出端口

前面章节中我们介绍过，表示电路中两点之间的电气连接关系，用导线直接连接和在导线上设置相同的网络标号两种方法。而通过设置输入/输出端口的方式也能实现两点之间的电气连接，只不过这种方式在单张原理图中一般不使用，它经常用于一个电路与另一个电路之间的电气连接。下面举例说明如何放置 I/O 端口。

(1) 单击 Wiring Tools 工具栏上的 ⬠ 图标。

(2) 光标变成十字形状，并粘附着 I/O 端口符号，移动光标至图 2-73 (a) 中 74LS138 第 15 脚端点处单击鼠标左键。

(3) 移动鼠标使 I/O 端口长度合适时，单击鼠标左键确定，即完成了一个 I/O 端口的放置，如图 2-73 (b) 所示。

(4) 此时光标仍处于放置端口命令状态，可重复 (2)、(3)、(4) 步骤继续放置 I/O 端口，若想退出放置，单击鼠标右键或按下"Esc"键则可。

完成 I/O 端口的放置以后，还需设置 I/O 端口属性，双击 I/O 端口，系统弹出如图 2-73 (a)所示的端口属性设置对话框。

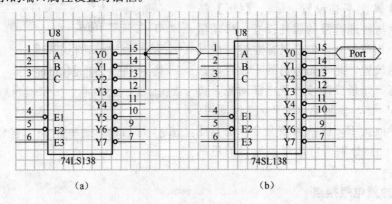

图 2-73　放置 I/O 端口

(a) 确定 I/O 端口左端点；(b) 确定 I/O 端口右端点

从对话框中可以看出，I/O 端口的属性设置项较多，其中端口长度、端口位置、端口边框颜色、端口填充颜色、端口名称颜色取系统默认设置，而端口名称、端口形状、端口电气特性、端口名称对齐方式需要用户设置。端口电气特性、端口名称对齐方式从图 2-74 中可以了解，端口形状与设置项对应关系如图 2-75 所示。

(5) 将端口名称设置为 MEM0SEL，形状设置为"Right"，电气特性设置为"Output"，名

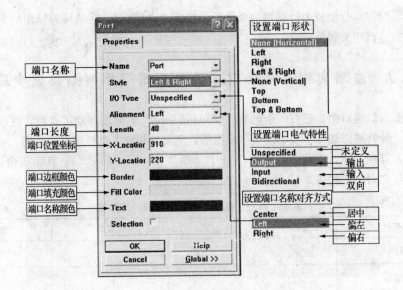

图 2-74　I/O 端口属性设置对话框

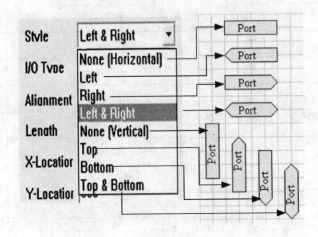

图 2-75　I/O 端口形状类型

称对齐方式设置为"Center"，单击【OK】按钮确定，这样才彻底完成 I/O 端口的放置，结果如图 2-76 所示。

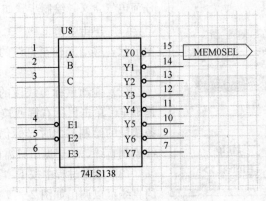

图 2-76　端口的放置

用户也可以在执行放置 I/O 端口命令之后，按下"Tab"键，在紧接着弹出的 I/O 端口属性设置对话框中进行相关属性设置。

2.7　应用实例：用绘图工具栏绘图（举例如画圆步骤）

在原理图编辑窗口中，还有一个名为"DrawingTools"的画图浮动工具栏，在进行电路原理图的绘制中，经常要添加一些说明性文字或图形，需要用到此工具栏提供的按钮。

与连线工具栏一样，主菜单"Place"的子菜单"Drawing Tools"上有相应命令与之对应，还有快捷键与之对应，如表 2-2 所示。

表 2-2　　　　　　　　　画图工具栏、菜单栏与快捷键的对应关系

电路符号	工具栏	Place/Drawing Tools 菜单	快捷键
画直线	/	Lines	P/D/L
画多边形	⊠	Polgons	P/D/P
画椭圆形弧线	⌒	Elliptical Arcs	P/D/I
画贝赛尔曲线	∿	Beziers	P/D/B
输入文本	T	Text	P/T
放置文本框	▦	Text Frame	P/F
画矩形	▢	Rectangle	P/D/R
画圆角矩形	▢	Round Rectangle	P/D/O
画椭圆	⬭	Ellipses	P/D/E
放置饼图	◔	Pie Charts	P/D/C
插入图片	▣	Graphic	P/D/G
元件阵列式粘贴	⣿	Edit/Paste Array…（不在 Place 菜单下）	E/Y

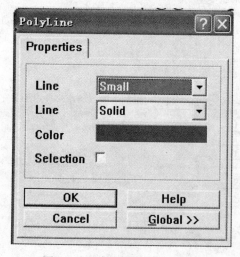

图 2-77　直线属性设置对话框

2.7.1　绘制直线

直线与电路图中的连接导线不同，直线不代表任何电气含义，绘制步骤如下：

（1）单击绘图工具栏上的 / 图标，光标变为十字形状，移动光标至直线的起点位置单击鼠标左键确定。

（2）拖动鼠标至线段的终点，再次单击鼠标左键确定。单击鼠标右键或按"Esc"键，即可完成一条线段的绘制。此时光标仍处于命令状态，还可继续绘制直线，若想退出只需再次单击右键。

（3）绘制过程中按下"Tab"键或双击绘制完成的直线可以调出如图 2-77 所示的直线属性对话框，在此可以设置直线宽度、形状和颜色的属性。

2.7.2　绘制多边形

这里的多边形指的是任意多边形，不是指正多边形，其中也包括凹凸多边形。下面以任意多边形来加以说明。绘制步骤如下：

（1）单击绘图工具栏上的 ⊠ 图标，光标变为十字形状，光标移动到合适的位置，单击鼠标左键确定多边形的第一个顶点。

（2）光标移动到下一个顶点处，单击鼠标左键，这时确定了多边形的一个边，如图 2-78（a）所示。

（3）移动光标到第三个顶点处，多边形形状已发生变化，并且多边形区域被填充，如图 2-78（b）所示。

（4）移动光标到第四个顶点处，单击鼠标左键确定，即完成了一个多边形的绘制。注意第四个顶点有两个方向，所以就有两种多边形，如图 2-78（c）、（d）所示。

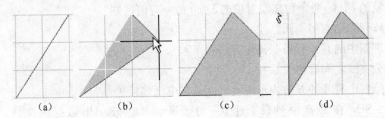

（a）　　　　（b）　　　　（c）　　　　（d）

图 2-78　绘制多边形

(a) 确定多边形的一个边；(b) 确定多边形的第三个顶点；
(c) 成形多边形一；(d) 成形多边形二

2.7.3　绘制椭圆弧线

（1）单击画图工具栏上的 ⊕ 图标，光标变为十字形状，将十字光标移到待绘制椭圆中心点，单击鼠标左键确定椭圆弧圆心，如图 2-79（a）所示。

（2）光标跳到横轴方向的圆周顶点，移动光标确定椭圆的横轴半径长度，单击鼠标左键，确定椭圆的横轴半径长度，如图 2-79（b）所示。

（3）光标跳到纵轴方向的圆周顶点，移动光标确定椭圆的纵轴半径长度，单击鼠标左键，确定纵轴半径长度，如图 2-79（c）所示。

（4）光标跳到椭圆弧的端点，移动光标到适当位置，单击鼠标左键，确定椭圆弧的一个端点，如图 2-79（d）所示。

（5）光标跳到椭圆弧的另一端，移动光标选择合适的位置单击鼠标左键，确定椭圆弧的另一端点。到此为止，椭圆弧绘制完成，如图 2-79（e）所示。

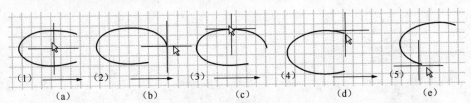

（a）　　　　（b）　　　　（c）　　　　（d）　　　　（e）

图 2-79　椭圆弧绘制步骤

(a) 确定椭圆弧圆心；(b) 确定椭圆横轴半径长度；
(c) 确定纵轴半径长度；(d) 确定椭圆弧的一个端点；(e) 椭圆弧绘制完成

本 章 小 结

　　本章主要介绍了原理图绘制前的一些准备工作，包括熟悉原理图设计环境、原理图图纸的设置、原理图环境参数的设置、原理图元件库的载入、元件的放置、元件的编辑以及布线工具栏与画图工具栏的使用。通过学习我们应对原理图设计系统有一个整体的了解，对原理图编辑环境要做到命令熟悉、操作熟练，为下一章的绘制原理图做好准备。

思 考 与 练 习

1. 锁定栅格、可视栅格与电气捕捉栅格三者有何区别？

2. 移动对象的 Move 命令和拖动对象的 Drag 命令有何区别？

3. 粘贴与阵列粘贴有何不同？

4. 删除原理图中的对象有哪些操作方法？

5. 总线与分支线之间有何关系？

6. 原理图绘制中有几种方法表示两点之间具有电气连接关系？

7. Protel 99 SE，在 D 盘根目录下建立一个 Fisrt _ Design. ddb 数据库文件，在其 "Document" 文件夹中建立一个 Mysheet. Sch 的原理图文件。设置图纸为 A4。

8. 将 "Protel DOSSchematic Libraries. ddb" 添加到元件管理器窗口，并快速浏览。

9. 在原理图编辑器内，通过操作打开和关闭主工具栏、连线工具栏及画图工具栏。

第 3 章

原 理 图 绘 制

前面介绍了原理图设计系统，使我们对原理图设计的环境与基本操作有了一定的了解。在 Protel 99 SE 中有单个原理图设计与层次原理图设计之分，主要是根据电路的复杂程度来进行选择，但都属于原理图绘制范畴，没有什么本质区别。接下来我们将通过具体的实例来说明原理图的绘制过程。

3.1 原理图设计的基本步骤

原理图设计是电路设计的第一步，电路原理图设计的正确与否直接关系到后续的设计工作，其基本绘制步骤如图 3-1 所示。

(1) 新建原理图。建立一个原理图设计文件是原理图设计工作的第一步。

(2) 设置图纸信息与参数。根据电路的规模来设置图纸的大小、方向及图纸信息等参数，如设计单位、设计者姓名等。

(3) 装入元件库。将原理图设计所用到的原理图元件库载入到当前设计环境中。对于用户自行创建的元件符号也要添加到当前设计环境中。

(4) 元件放置与布局。从元件库里将电路中所有的元件放置到工作平面上，然后按照疏密得当、整齐美观的要求对元件进行整体布局，以便连线与识读。

(5) 元件属性整体编辑。根据实际电路情况对元件进行符号编辑、封装编辑、参数设置等。

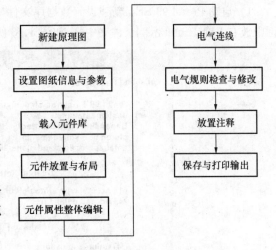

图 3-1 原理图设计基本步骤

(6) 电气连线。用导线（包括单导线、总线、总线分支）和网络标号将具有电气关系的元件连起来，构成一个完整的电路。

(7) 电气规则检查与修改。利用电气规则检查（ERC）指令，可对绘制完的电路进行检查，以便于最后的修改，确保原理图绘制的正确性，这是电路原理图设计中重要的环节。

(8) 放置注释。在原理图中加入必要的文字注释或图片说明，可增强原理图的可读性。

(9) 保存与打印输出。最后应养成将设计好的原理图存盘的良好习惯。输出是指输出各种报表（如网络表、元件列表等）或将原理图打印出来。

3.2　单个原理图设计实例

通过第二章的学习以及对原理图绘制过程的了解，现在我们首先绘制一个单个原理图电路。图 3-2 所示为 RC 阻容两级放大电路，现在要求按照详细步骤正确绘制该图。

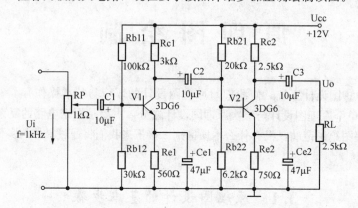

图 3-2　RC 阻容两级放大电路

绘制步骤如下：

（1）新建原理图文件。

1）启动 Protel 99 SE，新建设计数据库文件（本例中为 Circuit.ddb），选择合适的路径（本例中放在 F 盘 Protel 示例文件夹中），如图 3-3 所示。

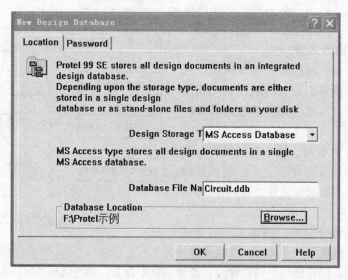

图 3-3　创建设计数据库文件

2）打开 Circuit.ddb 设计数据库文件中的"Documents"文件夹，新建名为"RC 阻容两级放大电路.Sch"原理图文件，如图 3-4 所示。

（2）设置图纸信息与参数。

1）双击"RC 阻容两级放大电路.Sch"原理图文件图标，进入原理图设计编辑器窗口。

2）执行【Design…】/【Options】菜单命令，系统弹出原理图图纸信息与参数设置对话框。根据电路的规模，这里选择图纸大小为 A4。其他参数均为系统默认设置，如图 3-5 所示。

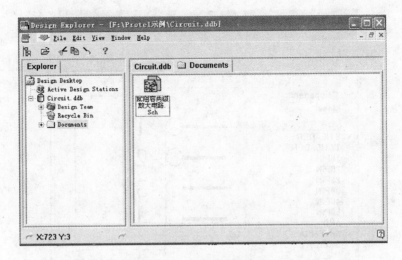

图 3 - 4 新建原理图文件

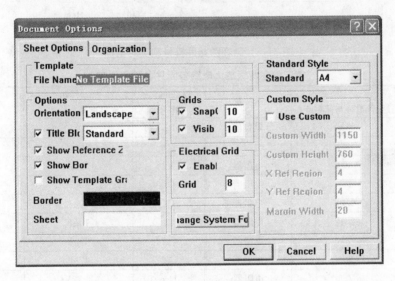

图 3 - 5 图纸参数设置

（3）装入元件库。在设计管理器窗口中单击"Browse Sch"标签，在"Browse"列表框中选择"Library"选项，下面已经有一个 Miscellaneous Devices. ddb 原理图元件库显示在窗口中。根据电路实际情况，图中所用到的原理图元件符号全部在 Miscellaneous Devices. ddb 原理图元件库中，而该原理图元件库是系统默认装入的，所以这一步暂且不需操作。单击窗口中的【Browse】按钮，在弹出的对话框中可以清楚地浏览该库中所有的原理图元件符号，如图 3 - 6 所示。

（4）元件放置与布局。电路中用到的元件由表 3 - 1 列出。

1）按照 2.4.2 节所介绍的放置元件的方法，将所有元件放置到原理图编辑区中，如图 3 - 7 所示。

2）根据电路原理图中元件的位置并结合清晰美观原则对元件进行位置调整，结果如图 3 - 8 所示。

（5）元件属性整体编辑。双击元件，在弹出的元件属性设置对话框中将元件的序号、参数值及名称编辑与原理图中的一致，至于元件的封装属性可暂且不编辑。编辑后的元件如图 3 - 9 所示。

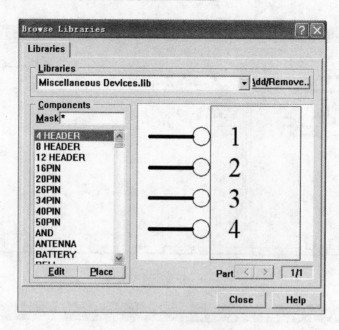

图 3-6 原理图元件符号浏览对话框

表 3-1   **RC 阻容两级放大电路各元件名称与属性**

Designator （序号）	Part Type （元件型号与标称值）	名　称	Designator （序号）	Part Type （元件型号与标称值）	名　称
RP	1k	电位器	RL	2.5k	电阻器
Rb11	100k	电阻器	V1	3DG6	三极管
Rb12	30k	电阻器	V2	3DG6	三极管
Rb21	20k	电阻器	C1	$10\mu F$	电解电容器
Rb22	6.2k	电阻器	C2	$10\mu F$	电解电容器
Rc1	2.4k	电阻器	Ce	$10\mu F$	电解电容器
Rc2	3k	电阻器	Ce1	$47\mu F$	电解电容器
Re1	560	电阻器	Ce2	$47\mu F$	电解电容器
Re2	750	电阻器	Ucc	$+12V$	电源

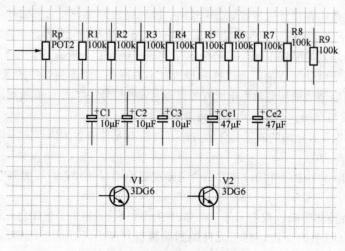

图 3-7 原理图中元件的放置

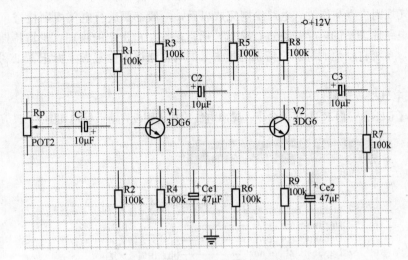

图 3 - 8 调整后的元件位置

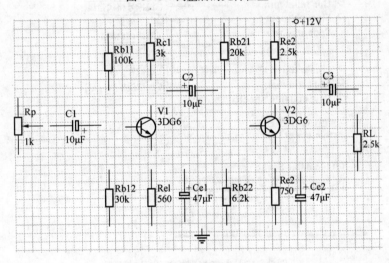

图 3 - 9 元件属性编辑后效果

（6）电气连线。根据电气连接的要求，利用工具栏上的连线工具将电路连接好，结果如图3 - 10所示。

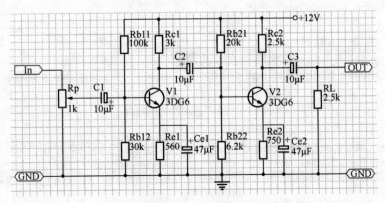

图 3 - 10 绘制完成的原理图

（7）电气规则检查与修改。电路绘制完成以后，一般都要进行电气规则检查。电气规则检查主要是对电路原理图的电学规则进行测试，通常是按用户指定的物理、逻辑特性进行的。测试完毕之后，系统自动生成可能是错误的报告，同时在错误的位置做上标记，以利于用户及时改正。

1）设置电气检查规则。

a. 执行【Tools】/【ERC】菜单命令，弹出电气检查规则设置对话框，如图 3-11 所示。

图 3-11　电气规则检查设置对话框

b. 单击"Sheets to Netlist"下拉列表框，弹出如图 3-12 所示的对话框，选择"Active sheet"选项；单击"Net Identifier Scope"下拉列表框，弹出如图 3-13 所示的对话框，选择"Sheet Symbol/Port Connections"选项。

图 3-12　当前项目的选择

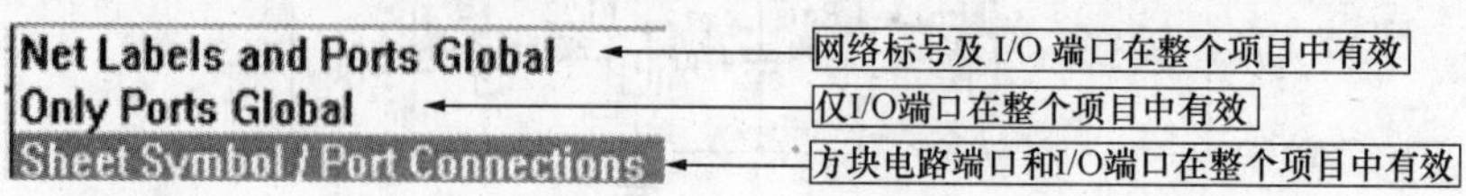

图 3-13　检查对象的适用范围

2）进行电气规则检查。设置完毕，单击【OK】命令按钮，程序按照设置的规则对原理图进行电气规则检查，检查完后进行文本编辑器并生成扩展名为 .ERC 错误结果报告，如图 3-14 所示，该报告表明原理图设计正确无误。

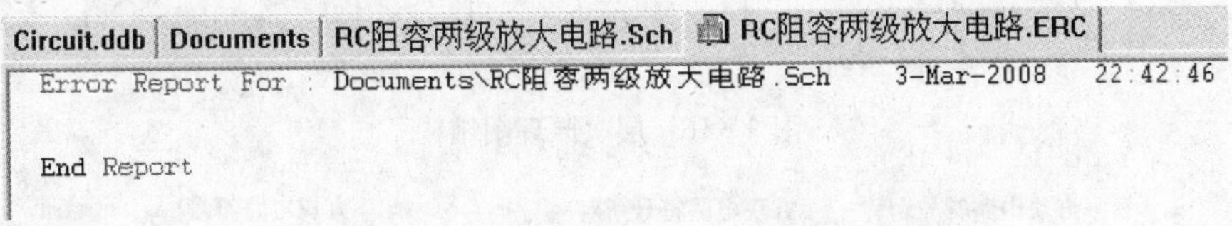

| Circuit.ddb | Documents | RC阻容两级放大电路.Sch | RC阻容两级放大电路.ERC |

```
Error Report For : Documents\RC阻容两级放大电路.Sch    3-Mar-2008    22:42:46

End Report
```

图 3-14　原理图电气规则检查报告

（8）放置注释。在原理图输入端放置"Ui"及"f=1kHz"标注信息；在电源+12V 上主放置"Ucc"标注信息；并在电路下方放置"RC 阻容两级放大电路"说明文字。如图 3-15 所示。

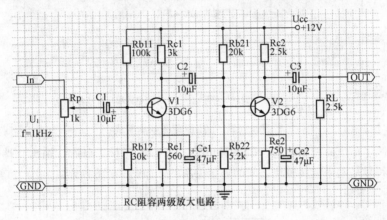

图 3-15　原理图的注释

（9）保存与打印输出。原理图绘制完成并确定正确无误后，一定要保存文件，养成良好的习惯，以利于以后调用。直接单击工具栏上的 图标或执行【File 文件】→【Save 保存】命令，即可对设计项目进行保存。

3.3　层次原理图设计

单个原理图的设计适用于规模小且逻辑结构比较简单的电路设计。而一个大的电路系统中元件数量繁多，结构关系复杂，很难在一张原理图上完整绘制出来。针对这种情况，Protel 99 SE 支持一种层次化原理图设计方法，即将一个大的项目分解成若干个子项目，每个子项目对应于一个功能电路模块，从而将很复杂的电路变成相对简单的几个模块，模块之间具有相对的独立性，这样，既使电路结构清晰明了，又便于检查与修改。同时，利用 Protel 99 SE 提供的项目组设计环境，还可多人参与共同设计整个项目，使设计进程大大加快。

3.3.1　层次原理图设计的概念

层次原理图的设计就是将一个电路分成多个原理图设计出来，整个项目中只能有一个上层原理图（主原理图）和若干个子原理图（下层原理图），其结构如图 3-16 所示。

项目设计中首先要将总体电路进行模块化分，每个模块对应一个子原理图，模块之间的连接关系通过上层原理图体现出来，上层原理图主要是由方块电路符号与方块电路端口符号组成，如图 3-17 所示，这是设计中的难点。

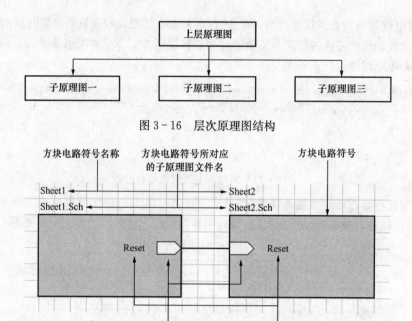

图 3-16　层次原理图结构

图 3-17　上层原理图基本组成

子原理图除了单个原理图所包含的图件以外，还主要由 I/O（输入/输出）端口和网络标号组成，这两个符号是用来定义模块之间的连接关系的，如图 3-18 所示。

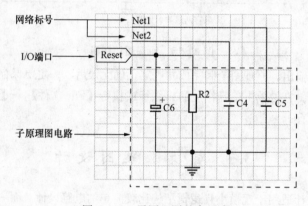

图 3-18　子原理图基本组成

设计中用到的符号意义如下：

（1）方块电路符号。方块电路符号是层次原理图所特有的，每个方块电路符号对应着一个下层的子原理图，它实质上是将一个电路原理图简化为一个符号。

（2）方块电路端口符号。它表明各方块图之间名称相同的端口是电气相连的，还表明方块图与和它同名的下层子图的 I/O 端口是电气相连的。

（3）I/O 端口和网络标号。它表示在整个设计项目中，只要 I/O 端口和网络标号名称相同，则同名 I/O 端口之间和同名网络标号之间是电气连接的。

（4）电源符号。在整个设计项目中，所有原理图中的电源符号都是相连的。

3.3.2　层次原理图设计的方法

（1）自上而下的层次设计方式。即先建立一个总系统，然后将系统划分为不同功能的子模块。在原理图中先设计出上层原理图，即用方块电路符号表示子模块，然后绘制出各个子模块的原理图。

（2）自下而上的设计方式。即先绘制出子原理图，然后由这些子原理图产生方块电路符号图，进而生成上层原理图。这是一种被广泛采用的层次原理图设计方法，对整个设计不是特别熟悉的用户，可以选择这种方法。

3.4　层次原理图设计实例

下面以"单片机温度控制系统"为例，来说明两种层次原理图的设计方法。

3.4.1　自上而下的原理图设计

自上而下的原理图设计过程可分为两大步骤：

1. 上层原理图绘制

如图 3-19 所示，"单片机温度控制系统"上层原理图由五个模块组成，其核心电路是 ATMEL 公司的单片机 CPU 芯片"AT89C51"，主要用来运行控制软件，接受温度设定和控制命令，输入采样温度信号，输出加热控制信号、显示温度信号及状态指示信号。其余为按钮（BUTTON）电路，作用是设定三位数的温度值和控制启动系统运行，A/D 转换电路是将温度测量的模拟量信号转换为数字量送入 CPU，LED 显示电路作用是实时显示温度值的，输出控制电路作用是控制加热电源通断、驱动运行状态信号灯指示及报警。现主要介绍其绘制过程。

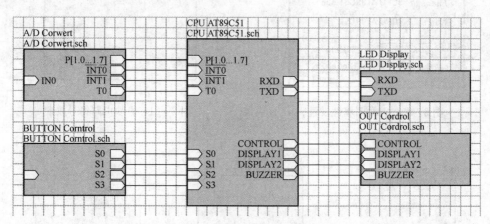

图 3-19　层次原理图的上层原理图

（1）新建设计数据库文件"单片机温度控制系统".ddb 和原理图文件"单片机温度控制系统".prj，即上层原理图文件。

（2）双击打开上层原理图文件"单片机温度控制系统".prj。

（3）单击布线工具栏中的 图标或执行【Place】/【Sheet Symbol】菜单命令，光标变为十字形状，并粘附着一个方块电路符号模块标志。

（4）移动鼠标到需要放置方块图的位置，单击鼠标左键确定方块图左上角顶点，移动鼠标到合适的位置，再次单击鼠标左键，确定方块图右下角顶点，一个方块电路符号放置完毕，单击鼠标右键或按"Esc"键退出。

（5）双击方块电路符号，系统弹出方块图属性设置对话框，如图 3-20 所示。在"Filename"

编辑框中将方块图对应的子原理图文件名设置为"CPU AT89C51. sch"，在"Name"编辑框中将方块图名设置为"CPU AT89C51"，其他均采用系统默认设置，单击【OK】按钮确定，结果如图3－21所示。

（6）重复第（4）、（5）步的操作，将另外四个方块图对应的子原理图文件名分别设置为"A/D Convert. sch"、"BUTTON Control. sch"、"LED Display. sch"、"OUT Control. sch"，方块图名与文件名相同。并作相应的调整，完成后如图3－22所示。

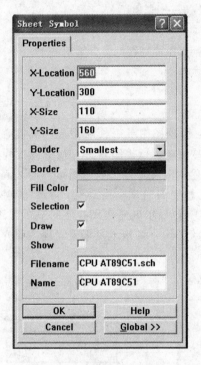

图 3-20　方块图属性设置

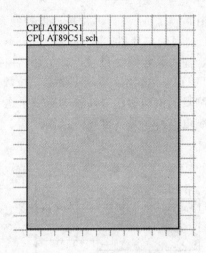

图 3-21　方块电路符号放置

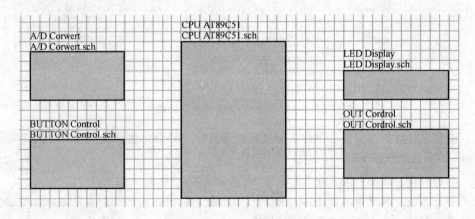

图 3-22　方块图的放置

（7）现以"CPU AT89C51"模块为例说明方块电路端口符号的放置。单击布线工具栏中的图标按钮或执行【Place】/【Add Sheet Entry】菜单命令，光标变为十字形状，单击方块内部，十字光标上粘附着一个方块电路端口符号随光标移动，但只能在方块图内部的边框上移动。

在适当位置上单击鼠标左键完成方块电路端口符号的放置，此时鼠标仍处于命令状态，可连续放置完方块电路端口符号，结果如图 3 - 23 所示。单击鼠标右键或按 "Esc" 键退出。

（8）单击标号为 0 的方块电路端口，系统弹出端口属性设置对话框，各项属性与第二章 2.6 节的 I/O 端口设置相近，这里不再介绍。其主要属性设置有方块端口的名称、端口的电气特性、端口的方位、端口的形状设置，其他属性为系统默认设置，单击【OK】按钮完成设置，设置如图 3 - 24 所示。

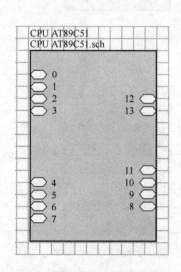

图 3 - 23　放置方块电路端口符号

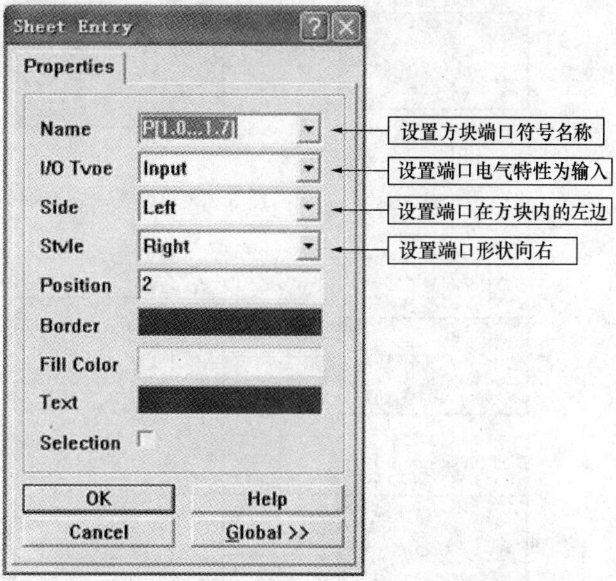

图 3 - 24　方块端口符号属性设置

（9）依次修改设置 "CPU AT89C51" 模块内的其余端口属性，结果如图 3 - 25 所示。

（10）重复（7）、（8）、（9）三个步骤，将上层原理图其余模块端口属性设置完毕，结果如图 3 - 26 所示。

（11）绘制导线。用布线工具栏中的导线或总线按钮连接具有电气连接关系的方块电路端口，如图 3 - 27 所示。此时便完成了层次原理图的上层原理图的绘制。

2. 下层原理图绘制

接下来的工作就是绘制上层原理图中每一个方块电路符号对应的层次原理图子图，即下层原理图的绘制，具体步骤如下：

（1）执行【Design】/【Create Sheet From Symbol】菜单命令，光标变为十字形状，移动鼠标到方块图 "CPU AT89C51" 的内部，单击鼠标左键，如图 3 - 28 所示。接着系统弹出如图 3 - 29 所示的 "Confirm" 确认对话框。单击【Yes】按钮，则新产生分歧的原理图中的 I/O 端口的输入/输出方向将与方块图中的端口方向相反；单击【No】按钮，则生成的原理图中的 I/O 端口与方块图中的端口方向相同。

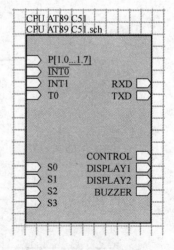

图 3 - 25　"CPU AT89C51" 模块内端口属性设置

73

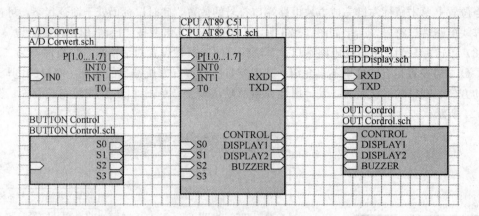

图 3 - 26　设置完所有端口模块

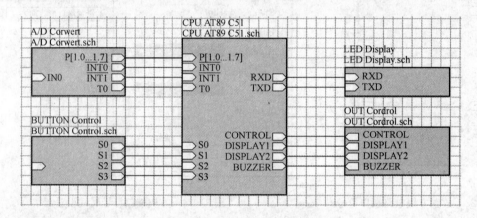

图 3 - 27　连线完成后的上层原理图

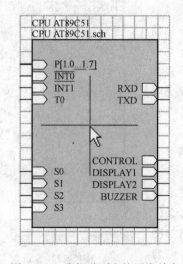

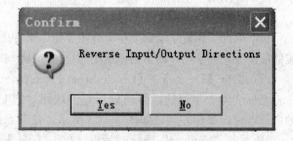

图 3 - 28　光标移到方块图内单击　　　　　图 3 - 29　"Confirm"对话框

　　(2) 单击【No】按钮，系统会自动生成一个与方块图同名的原理图文件"CPU AT89C51.sch"，这就是将要设计的子原理图文件，用户可以看到在子原理图的左下角已经放置好与方块电路相对应的 I/O 端口，如图 3 - 30 所示。

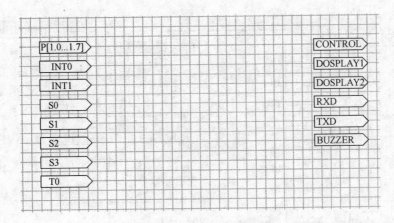

图 3-30　自动生成的子原理图

（3）按照单个原理图的绘制方法，在子原理图中放置所需的元件并进行电气连接，完成子原理图 "CPU AT89C51.sch" 的绘制，如图 3-31 所示。

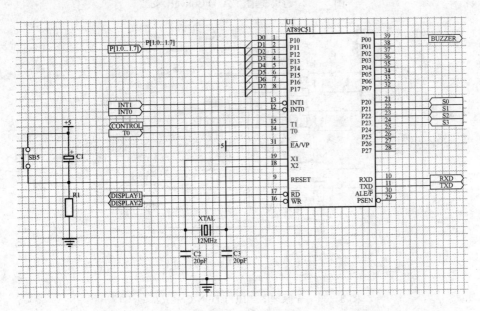

图 3-31　完成子原理图 "CPU AT89C51.sch" 的绘制

（4）重复（1）、（2）、（3）操作步骤，相继完成 "A/D Convert.sch"、"BUTTON Control.sch"、"LED Display.sch"、"OUT Control.sch" 四个子原理图的绘制，其各自原理图分别如图 3-32～图3-35 所示。

到此为止，采用自上而下的方法完成了整个单片机温度控制系统的电路原理图绘制。

3.4.2　自下而上的原理图设计

自下而上的层次原理图设计过程与自上而下的设计过程是相反的，但两者之间的操作有许多相同之处。下面仍以 "单片机温度控制系统" 项目为例来介绍自下而上的设计方法。

（1）新建设计数据库文件（项目）。名字仍然是 "单片机温度控制系统.ddb"。

（2）在该项目中新建五个名为 "CPU AT89C51.sch"、"A/D Convert.sch"、"BUTTON Control.sch"、"LED Display.sch"、"OUT Control.sch" 原理图文件。

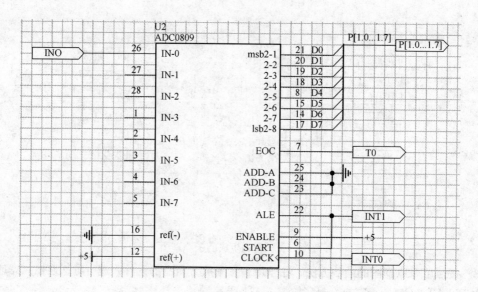

图 3-32　子原理图"A/D Convert. sch"

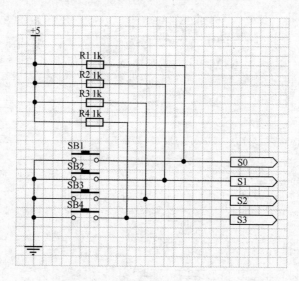

图 3-33　子原理图"BUTTON Control. sch"

（3）依次设置图纸尺寸和信息参数，并且把每个子原理图中与上层原理图进行电气连接的 I/O 端口绘制好，最终完成五个子原理图的绘制，如图 3-36 所示，具体原理图在前面的设计中已给出。

（4）在设计数据库中新建一个原理图文件，将之起名为"单片机温度控制系统 . sch"，这就是要自下而上进行设计的上层原理图，双击打开原理图文件。

（5）执行【Design】/【Create Symbol From Sheet】，这时系统弹出如图 3-37 所示的选择原理图文件来创建方块图对话框。该对话框中列出了五个子原理图文件，用户可以选择其中任意一个原理图来建立方块电路图。例如，将光标移至"CPU AT89C51sch"文件名处单击选中。再单击【OK】按钮，系统弹出如图 3-38 所示的确认"Confirm"对话框，其意义与前面介绍的一样，提示是否转换 I/O 端口的方向。

（6）单击【OK】按钮，此时系统产生的方块图电路符号粘附在光标上，选择合适的位置，

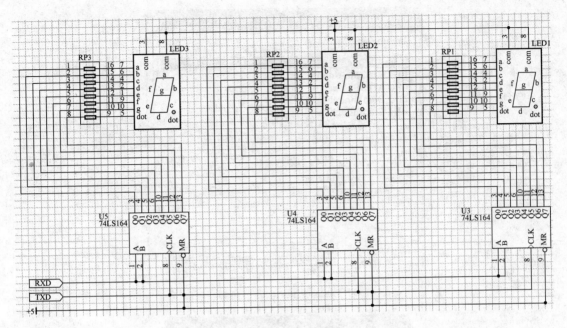

图 3-34　子原理图 "LED Display. sch"

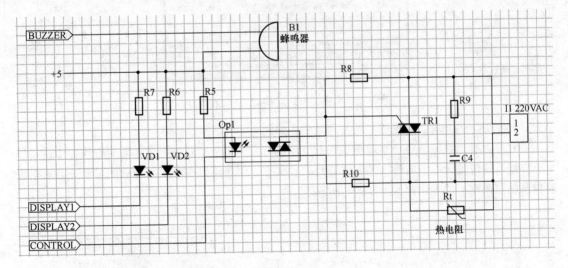

图 3-35　子原理图 "OUT Control. sch"

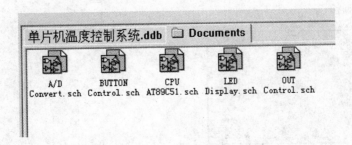

图 3-36　绘制完成的子原理图列表

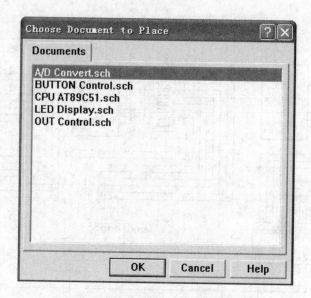

图 3-37　选择原理图创建方块图对话框

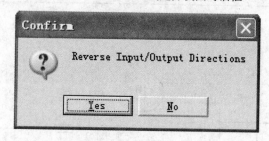

图 3-38　"Confirm" 对话框

单击鼠标左键，将方块图放置在上层原理图中，如图 3-39 所示。

（7）可以看出系统已将子原理图中的 I/O 端口转变为方块电路端口了，此时方块图中端口的大小、端口的位置、端口的形状等属性都是缺省状态，用户可以按照实际连线的需要进行重新设置和调整。调整后的方块图如图 3-40 所示。

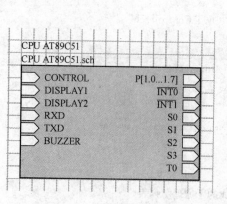

图 3-39　缺省状态的方块图

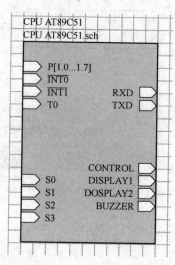

图 3-40　调整后的方块图

（8）按照同样的操作方法，将其余四个子原理图对应的方块图绘制出来，结果如图 3-41 所示。

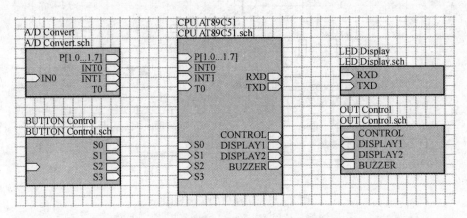

图 3-41　自下而上产生的方块电路图

（9）用导线或总线将具有电气连接关系的方块图电路端口连接起来，即完成了上层原理图的绘制，结果如图 3-27 所示。

同样，采用自下而上的方法也能完成整个单片机温度控制系统的电路原理图绘制。

3.4.3　层次原理图之间的切换

层次原理图一般都包括一张上层原理图和若干张子原理图，用户在识读图纸时常需要在多张原理图之间来回切换，Protel 99 SE 为这种切换提供了专门的命令。

1．自上而下的切换

（1）打开方块总图，这里仍以"单片机温度控制系统 . prj"为例。

（2）执行【Tools】/【Up/Down Hierarchy】菜单命令或单击工具栏上的 ⬆⬇（层次切换）图标。

（3）执行命令后，鼠标变为十字形状，将其移到任一方块电路上，如图 3-42 所示。单击鼠标左键，电路就自动切换到方块图"OUT Control"所对应的子原理图"OUT Control . sch"窗口，如图 3-43 所示。

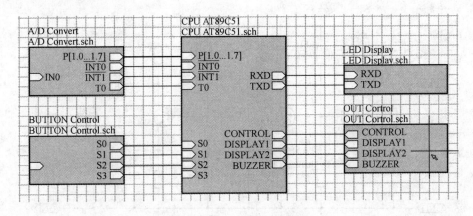

图 3-42　从方块图切换

2．自下而上的切换

由图 3-43 可知，从方块图切换到原理图中时，光标仍处于命令状态并停留在子原理图中的

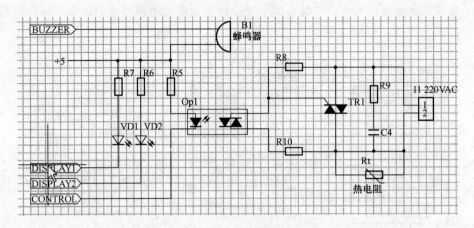

图 3-43　切换后的子原理图

I/O 端口内，此时可以只要单击原理图任一 I/O 端口，就可返回到上层原理图中。

若没有自上而下的切换铺垫，直接的自下而上的切换步骤是：

（1）打开原理图文件。

（2）执行【Tools】/【Up/Down Hierarchy】菜单命令或单击工具栏上的 ⇧⇩ （层次切换）图标。

（3）执行命令后，鼠标变为十字形状，将其移动至子原理图的任一 I/O 端口上，单击鼠标左键，就完成了从子图到总方块图的切换。

3.5　原理图报表输出

在原理图设计中，将原理图转化成报表文件非常重要，报表文件中存放了原理图的各种信息。Protel 99 SE 提供了丰富的报表功能，可以方便地生成各种报表。下面通过实例来说明各种报表文件的生成。

打开第三章已经绘制好的原理图文件"RC 阻容两级放大电路.Sch"，如图 3-44 所示。

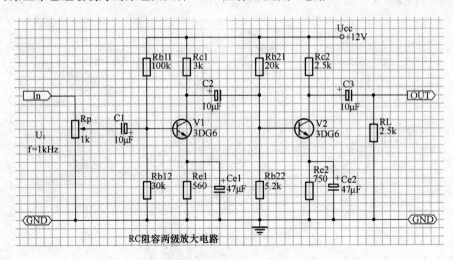

图 3-44　RC 阻容两级放大电路

3.5.1　生成网络表文件

网络表是原理图与印制之间的桥梁，是印制电路板自动布线的灵魂。一般网络表是由原理图产生，也可以从已经布线的 PCB 图中导出。总之，网络表把原理图与 PCB 图紧紧联系起来。

（1）打开原理图文件，如图 3 - 44 所示。

（2）执行【Design】/【Create Netlist …】菜单命令，弹出如图 3 - 45 所示的网络表设置对话框。只要将"Sheets to Netlist"（生成网络表的图纸范围）下拉列表框设置为"Active sheet"（仅当前原理图生成网络表）即可，其他选项为默认设置。

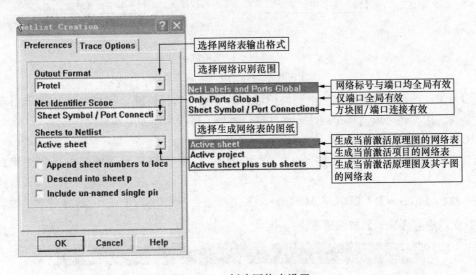

图 3 - 45　创建网络表设置

（3）单击【OK】按钮，生成名为"RC 阻容两级放大电路.NET"的网络表文件，如图 3 - 46 所示。

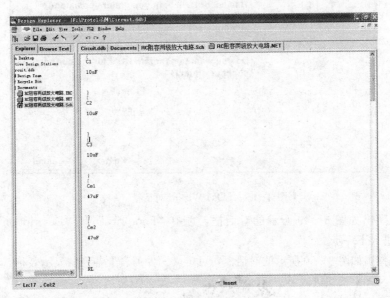

图 3 - 46　生成的网络表文件

从图 3-46 中可以看到，网络表文件分为两部分，首先是元件声明，用［　］来表示；然后是网络定义，用（　）表示。它们的格式如图 3-47 所示。

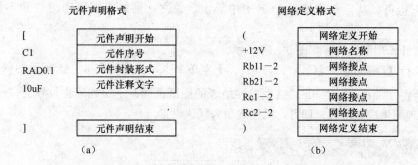

元件声明格式		网络定义格式	
[	元件声明开始	(	网络定义开始
C1	元件序号	+12V	网络名称
RAD0.1	元件封装形式	Rb11-2	网络接点
10uF	元件注释文字	Rb21-2	网络接点
		Rc1-2	网络接点
		Rc2-2	网络接点
]	元件声明结束	)	网络定义结束
(a)		(b)	

图 3-47　网络表文件结构的两种格式
(a) 元件声明格式；(b) 网络定义格式

可以看出，两部分各有固定的格式与组成，缺少其中的任何部分都有可能在 PCB 自动布线时产生错误。用户还可以直接对网络表文件进行添加、修改和删除等编辑操作。

3.5.2　生成元件列表文件

元件列表是原理图中所有元件的一个详细清单，它主要包括元件的名称、标注和封装形式等。

（1）执行【Report】/【Bill of Material …】菜单命令，弹出如图 3-48 所示的对话框，选择"Sheet"项，单击【Next】按钮进入下一步。

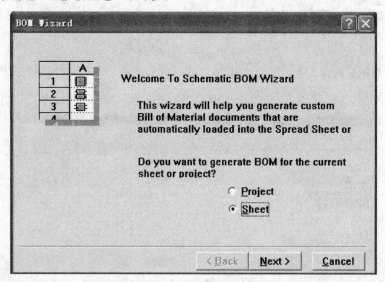

图 3-48　BOM Wizard 对话框（一）

（2）系统弹出如图 3-49 所示的对话框，选中"Footprint"和"Description"选项，单击【Next】按钮进入下一步。

（3）系统弹出如图 3-50 所示的对话框，可定义元件列表上各列的显示名称，一般采取默认设置，单击【Next】按钮进入下一步。

（4）接着弹出的对话框中，用户可以选择元件列表文件的类型，如图 3-51 所示。选择默认设置，单击【Next】按钮进入下一步。

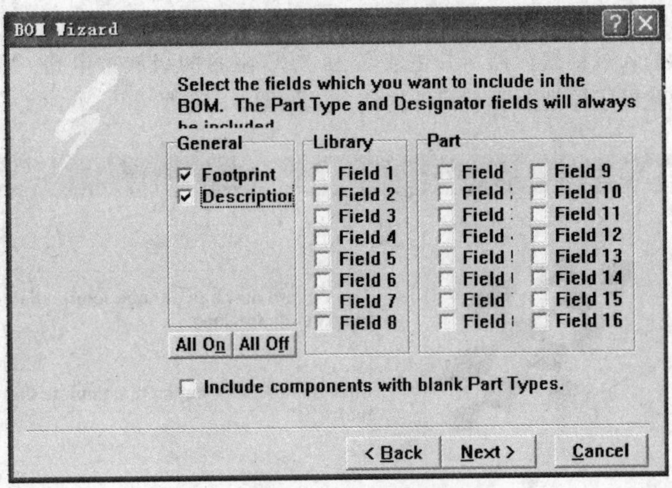

图 3-49 BOM Wizard 对话框（二）

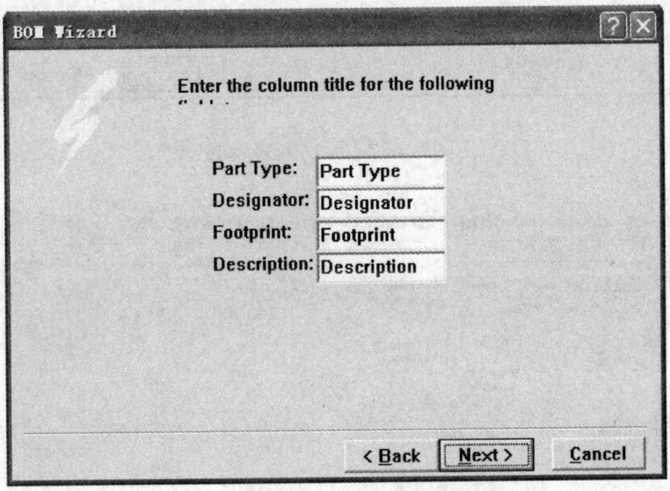

图 3-50 定义元件列表各列的显示名称

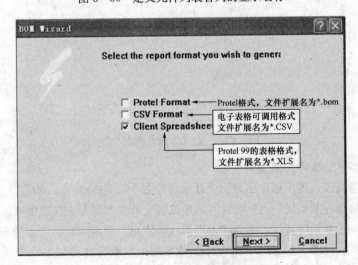

图 3-51 定义元件列表文件的类型

（5）系统弹出如图 3-52 所示的对话框，单击【Finish】按钮。

（6）系统自动进入表格编辑器，并生成名为"RC 阻容两级放大电路.XLS"的元件列表文件，列表中详细地记录了原理图所有元件的信息，如图 3-53 所示。

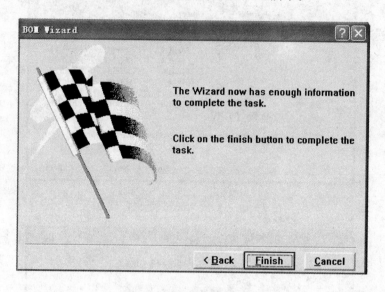

图 3-52　元件列表生成

	A	B	C	D	E	F	G	H	I	J	K
1	Part Type	Designator	Footprint	Description							
2	1k	Rp	VR5	Potentiometer							
3	2.5k	RL	AXIAL0.4								
4	2.5k	Rc2	AXIAL0.4								
5	3DG6	V2	TO92B	NPN Transistor							
6	3DG6	V1	TO92B	NPN Transistor							
7	3k	Rc1	AXIAL0.4								
8	6.2k	Rb22	AXIAL0.4								
9	10uF	C1	RB.2/.4	Electrolytic Capacitor							
10	10uF	C2	RB.2/.4	Electrolytic Capacitor							
11	10uF	C3	RB.2/.4	Electrolytic Capacitor							
12	20k	Rb21	AXIAL0.4								
13	30k	Rb12	AXIAL0.4								
14	47uF	Ce1	RB.2/.4	Electrolytic Capacitor							
15	47uF	Ce2	RB.2/.4	Electrolytic Capacitor							
16	100k	Rb11									
17	560	Re1	AXIAL0.4								
18	750	Re2	AXIAL0.4								

图 3-53　生成的元件列表文件

3.5.3　元件交叉参考列表文件

元件交叉参考列表可列出层次原理图设计文件中各个元件的编号、名称以及所在的原理图。下面以"单片机温度控制系统.prj"项目为例来说明交叉参考列表文件的生成。

（1）进入任一子原理图窗口，不能在上层原理图窗口，否则生成的交叉列表文件为空。

（2）执行【Reports】/【Cross Reference】菜单命令，系统自动会生成该项目的元件交叉参考列表文件，如图 3-54 所示。

```
单片机温度控制系统.prj | CPU AT89C51.sch | OUT Control.sch | LED Display.sch | 单片机温度控制系统.xrf        ◄ | ►
Part Cross Reference Report For : 单片机温度控制系统.xrf    10-Mar-2008  23:43:26

Designator    Component        Library Reference Sheet
───────────────────────────────────────────────────────
B1                             OUT Control.sch
C1                             CPU AT89C51.sch
C2            20pF             CPU AT89C51.sch
C3            20pF             CPU AT89C51.sch
C4                             OUT Control.sch
J1            220V AC          OUT Control.sch
LED1                           LED Display.sch
LED2                           LED Display.sch
LED3                           LED Display.sch
Op1                            OUT Control.sch
R1            1k               BUTTON Control.sch
R1                             CPU AT89C51.sch
R2            1k               BUTTON Control.sch
R3            1k               BUTTON Control.sch
R4            1k               BUTTON Control.sch
R5                             OUT Control.sch
R6                             OUT Control.sch
R7                             OUT Control.sch
R8                             OUT Control.sch
R9                             OUT Control.sch
R10                            OUT Control.sch
RP1                            LED Display.sch
RP2                            LED Display.sch
RP3                            LED Display.sch
Rt                             BUTTON Control.sch
SB1                            BUTTON Control.sch
SB2                            BUTTON Control.sch
SB3                            BUTTON Control.sch
SB4                            BUTTON Control.sch
SB5                            CPU AT89C51.sch
TR1                            OUT Control.sch
U1            AT89C51          CPU AT89C51.sch
U3            74LS164          LED Display.sch
U4            74LS164          LED Display.sch
U5            74LS164          LED Display.sch
VD1                            OUT Control.sch
VD2                            OUT Control.sch
XTAL          12MHz            CPU AT89C51.sch
                           Insert                               ②
```

图 3-54　元件交叉参考列表文件

本 章 小 结

　　本章首先介绍了原理图设计的流程,然后通过一个较为简单的单原理图绘制实例来剖析原理图的绘制过程,以使读者能够建立原理图绘制的基本概念,接着介绍了层次原理图设计的一些基本概念与方法,并结合一个项目实例,分别用两种方法来阐述层次原理图绘制过程。通过单原理图和层次原理图的实例分析,目的是让读者在面对一个实际电路系统时,能够正确选择原理图设计方案。本章最后简要介绍了原理图的报表输出。

思 考 与 练 习

1. 简述原理图绘制步骤。

2. 绘制如图 3-55 所示的原理图。

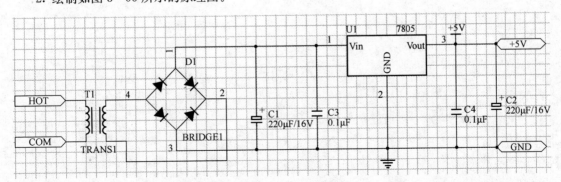

图 3-55　题 2 图

3. 将如图 3-56 所示的原理图绘制成一个层次原理图。

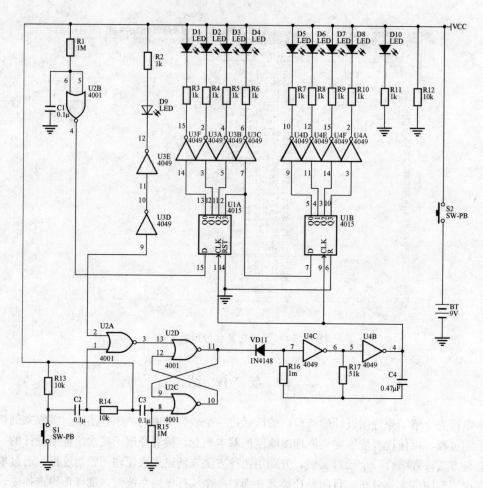

图 3-56 题 3 图

第 4 章

原 理 图 元 件 制 作

在第一章我们已经提到，Protel 99 SE 具有完善的库管理功能，其中原理图元件库存储在 Protel 99 SE 的安装目录（C：\ Program Files \ Design Explorer 99 SE \ Library \ Sch）下。其为电路设计人员提供的元件库，包含了世界著名公司的各种常用与专用的元器件 6 万多种。虽然 Protel 99 SE 自带的元件库很齐全，但是由于新的电子元器件不断涌现，各个国家与各个厂商之间的标准也有些不同，所以在实际的电路设计工作中，需要用户亲自创建符合特定要求的新元件，并把自己创建的新元件添加到元件库中以备调用。

Protel 99 SE 提供了一个功能强大的元件库编辑器，用户不但可以创建和编辑新的元件和元件库，还可以将一些常用元件整合到新的元件库中，给设计工作带来极大的方便。

4.1 原理图元件库编辑器

4.1.1 启动原理图元件库编辑器

因为使用 Protel 99 SE 对原理图元件库进行编辑时，该元件库不能单独打开，其必须包含于某一数据库文件中，这是 Protel 99 SE 独特的文件管理方式。简单地说，只有先进入设计管理器（Design Explorer），然后才能启动原理图元件库编辑器。一般有以下三种方法。

1. 新建原理图元件库

对于多数用户来说，最常用的方法就是通过新建原理图元件库来启动元件库编辑器，具体操作步骤如下：

（1）启动 Protel 99 SE，新建一个设计数据库文件，打开"Document"文件夹。

（2）执行【File】/【New】菜单命令，系统弹出如图 4-1 所示的编辑器选择对话框。

（3）单击"Schematic Library Document"文件图标后单击【OK】按钮或直接双击"Schematic Library Document"文件图标，系统自动在设计数据库文件中建立了一个默认名为"Schlib1. Lib"原理图元件库文件，如图 4-2 所示。

（4）双击"Schlib1. Lib"文件图标，进入原理图元件库编辑器，如图 4-3 所示。

2. 打开包含原理图库文件的数据库

用户可以通过直接打开 Protel 99 SE 系统自带的原理图元件库而启动原理图元件编辑器。具体操作步骤是：

（1）启动 Protel 99 SE，执行【File】/【Open】菜单命令或直接单击主工具栏上的 ⌂ 图标，系统弹出"Open Design Database"对话框，如图 4-4 所示。

（2）在对话框中选择"C：\ Program Files \ Design Explorer 99 SE \ Library \ Sch \ Miscellaneous Devices. ddb"库文件，单击【打开】命令按钮，进入如图 4-5 所示的界面。

（3）双击"Miscellaneous Devices. lib"数据库文件图标，进入如图 4-6 所示的原理图元件库

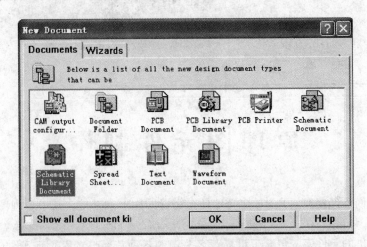

图 4-1　原理图元件库编辑器选择

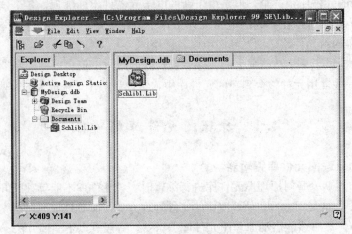

图 4-2　新建的原理图库文件

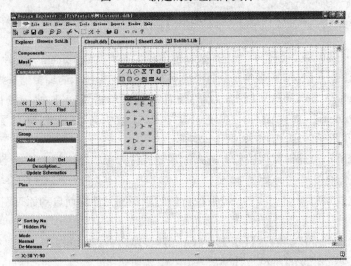

图 4-3　原理图元件库编辑器界面

编辑器,该界面与图 4-3 是相同的,只不过在左边元件列表窗口中显示了"Miscellaneous de-vices. ddb"库文件中的元件名称,右边元件编辑窗口显示的是选中的元件符号。这里用户可以对

图 4 - 4　"Open Design Database" 对话框

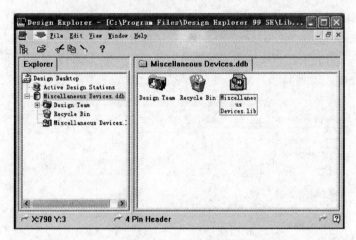

图 4 - 5　直接打开系统自带的原理图库文件

库中的元件进行修改编辑并保存使用，这样会改变系统原来的原理图元件符号，我们不推荐这种方法。

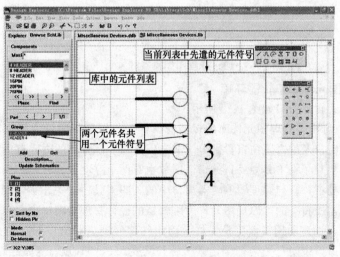

图 4 - 6　进入原理图元件库编辑器

（4）若要往库中新增原理图元件符号，可以执行【Tools】/【New Component】菜单命令，系统弹出如图4-7所示的新建元件对话框，给新建元件命名后单击【OK】按钮确定，就进入一新原理图元件编辑窗口，可以开始编辑新增的元件了。

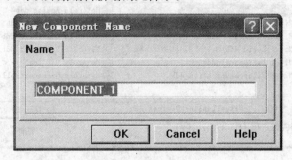

图4-7　在系统的库中新增原理图元件

3. 通过原理图编辑器进入元件库编辑器

在原理图编辑器左边的元件浏览器窗口中，如果想对当前载入的原理图元件库中的某个元件进行编辑，则先在元件列表窗口中选中要编辑的元件，再单击【Edit】按钮，同样可以进入原理图元件库编辑器界面，如图4-8所示。

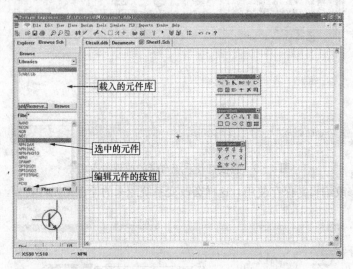

图4-8　通过原理图编辑器进入元件编辑器

4.1.2　原理图元件库编辑器环境

原理图元件库编辑器窗口如图4-9所示。

由图4-9可以看出，原理图元件库编辑器窗口界面与原理图编辑器很像，都有菜单栏、工具栏、设计管理器窗口及编辑区窗口等部分组成，但是每一部分里的内容有很大不同。原理图元件库编辑器的工具栏除了主工具栏外，编辑区窗口也有两个浮动工具栏，一个是用来绘制原理图元件符号的画图工具栏，它与原理图编辑器窗口中的画图工具栏相关不大，而IEEE符号工具栏是原理图元件编辑器所特有的。原理图元件库编辑器的设计管理器窗口也由两个标签组成，其中"Explorer"标签页与原理图编辑器完全一样，而元件符号浏览器窗口却有很大差别。元件编辑区窗口也不一样，窗口中间有一坐标轴，其坐标位置为（0，0）点。这是绘制元件符号的基准点，元件符号相对基准点的位置就是放置元件时元件符号相对鼠标的位置，若绘制元件符号时离基准点较远，则在放置元件符号时会有很大麻烦，这一点必须注意。

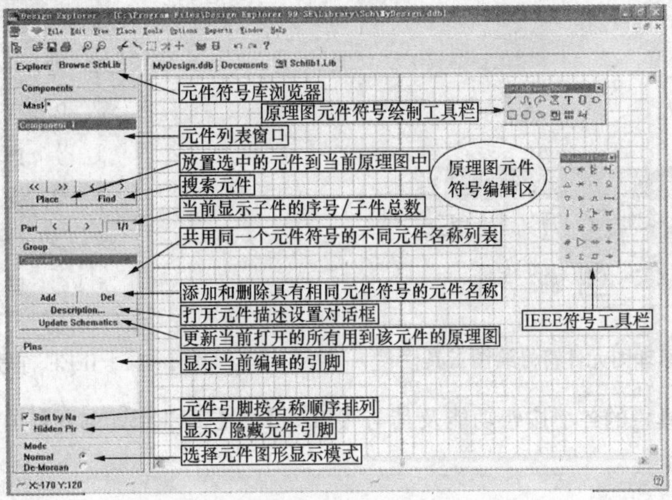

图 4 - 9　原理图元件库编辑器

4.2　工　具　栏

在制作原理图元件时，常用的是浮动在编辑器窗口中的"SchLibDrawingTools"（原理图元件库画图工具栏）和"SchLibIEEETools"（符号工具栏），现简要介绍一下工具栏的各按钮功能。

4.2.1　画图工具栏

单击主工具栏上的 图标或执行【View】/【Toolbars】/【DrawingToolbar】都可以切换画图工具栏的打开与关闭，如图 4 - 10 所示。

画图工具栏的各个按钮功能及其与"PLace"、"Tools"及"Edit"菜单下的各项命令有对应关系，如表 4 - 1 所示。

表 4 - 1　　　　　　　　　画图工具栏各项功能及其与菜单命令对应关系

功　　能	画图工具栏按钮	菜单命令	功　　能	画图工具栏按钮	菜单命令
画直线		Place/Line	画矩形		Place/Rectangle
画贝赛尔曲线		Place/Beziers	画圆角矩形		Place/Round Rectangle
画椭圆形弧线		Place/Elliptical Arcs	画椭圆		Place/Ellipses
画多边形		Place/Polygons	导入图片		Place/Graphic
输入文本	T	Place/Text	阵列粘贴		Edit/Paste Array
新建元件		Tools/New Component	放置元件引脚		Place/Pins
新增部件		Tools/New Part			

4.2.2　符号工具栏

单击主工具栏上的 图标或执行【View】/【Toolbars】/【IEEEToolbar】都可以切换符号工具栏的打开与关闭，如图 4 - 11 所示。

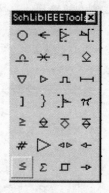

图 4-10　原理图元件符号绘图工具栏　　　　图 4-11　IEEE 符号绘图工具栏

　　IEEE 符号工具栏的各个按钮功能及其与【Place】/【IEEE Symbols】子菜单下的命令对应关系如表 4-2 所示。

表 4-2　　　　　　　　符号工具栏各项功能及其与菜单命令对应关系

功　　能	符号工具栏按钮	Place/IEEE Symbols 菜单命令
放置小圆点	○	Dot
放置从右到左的信号流方向	←	Right Left Signal Flow
放置上升沿有效的时钟信号	⋗	Clock
放置低电平有效的输入信号	⊣	Active Low Input
放置模拟信号输入符号	⌒	Analog Signal In
放置无逻辑连接符号	✳	Not Logic Connection
放置延迟输出符号	⌐	Postponed Output
放置集电极开路输出符号	◇	Open Collector
放置三态输出符号	▽	Hiz
放置高扇出电流符号	▷	High Current
放置脉冲符号	⊓	Pulse
放置延时符号	⊢⊣	Delay
放置多条 I/O 线组合符号	]	Group Line
放置多位二进制组合符号	}	Group Binary
放置低电平有效的输出符号	⊢	Active Low Output
放置 π 符号	π	Pi symbol
放置大于或等于符号	≥	Greater Equal
放置具有内置上拉电阻的集电极开路输出符号	⇔	Open Collector PullUp
放置发射极开路输出符号	▽	Open Emitter
放置具有下拉电阻的射极开路输出符号	▽	Digital Emitter Pullup
放置数字信号输入符号	#	Digital Signal In
放置反相器符号	▷	Invertor
放置输入/输出符号	◁▷	Input Output
放置左移符号	←	Shift Left

功　　能	符号工具栏按钮	Place/IEEE Symbols 菜单命令
放置小于或等于符号	≤	Less Equal
放置∑加法符号	Σ	Sigma
放置施密特触发输入特性符号	⎍	Schmitt
放置右移符号	→	Shift Right

4.3　元件符号库管理器

原理图元件库编辑器中的元件符号库管理器（元件符号库浏览器）有着强大的功能键，为了能熟练地进行元件编辑，现简要介绍其界面及其功能。

4.3.1　元件符号浏览窗口

该项窗口（见图 4-12）主要是浏览不同元件符号的名称，各项说明如下：

（1）Mask。过滤编辑框，该编辑框用于对元件列表框中的元件名称进行过滤，它支持通配符 *，以便快速地查找所需要的元件。

（2）列表框。列表框显示了当前元件库中经过"Mask"编辑框过滤后的元件列表，由于是新建元件库，所以图 4-12 中有一个元件"Component_1"。该窗口下方的按钮功能如下。

1）**<<**：单击该按钮，则选择当前元件列表框中的第一个元件，并在右边编辑器工作窗口中显示该元件符号。

2）**>>**：单击该按钮，则选择当前元件列表框中的最后一个元件，并在右边编辑器工作窗口中显示该元件符号。

3）**<**：单击该按钮可以显示当前元件库中的上一个元件，连续单击则按由下向上的顺序浏览元件库中的元件。

4）**>**：单击该按钮可以显示当前元件库中的下一个元件，连续单击则按由上向下的顺序浏览元件库中的元件。

5）【Place】：该按钮的作用是将列表框中选中的元件放置到原理图中，单击该按钮后，系统将自动切换到原理图编辑环境下并处于旋转元件命令状态。若当前没有打开任何原理图文件，系统会自动建立并打开一个原理图文件。

6）【Find】：该按钮与原理图元件浏览器中的【Find】按钮作用相同，即打开原理图元件查找对话框，按用户设置的条件查找所需元件。

（3）Part 栏。该栏是专门用来浏览多功能元件的单元子件的，若列表框中的是多功能元件，下面两个按钮操作才有效。举例说明，如"Part"栏的分数为"2/4"，则"4"表示该多功能元件共有 4 个子件（如 74LS00 芯片里就由 4 个相同的与非门构成），"2"表示当前显示的是第二个子件。

1）**<**：单击该按钮则浏览当前子件的前一个子件。

2）**>**：单击该按钮则浏览当前子件的后一个子件。

4.3.2　元件符号操作窗口

该窗口的作用是列出与当前显示的元件符号相同，名称却不同的所有元件，这类元件称为同组元器件。例如 4HEADER 和 HEADER4 就是同组元器件，见图 4-6。其各项按钮功能如下：

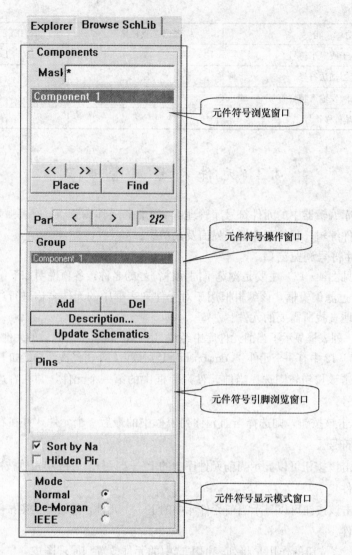

图 4 - 12 元件符号库管理器窗口

（1）　【Add】。该按钮的作用是添加一个新的同组元件。单击该按钮系统会弹出如图 4 - 13 所示的对话框，在编辑框可以命新元件的名称，单击【OK】按钮，即可完成一个新元件的加入，该元件与元件符号浏览窗口中的元件具有共同的属性，并且属于同一个组。

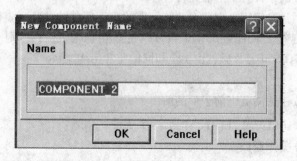

图 4 - 13 添加同组元件对话框

（2）【Del】。该按钮的作用与【Add】按钮的作用正好相反，单击【Del】按钮可删除同组中选中的元件。

（3）【Description …】。单击该按钮，可调出元件描述对话框，在对话框中可以对元件的文本信息进行编辑，在后面的实例中将作具体介绍。

（4）【Update Schematics】。该按钮的作用是当元件库中的某个元件进行修改之后，单击该按钮，则原理图中同名称的元件立即加以更新。

4.3.3　元件符号引脚浏览窗口

该窗口的作用是列出"Component"列表框中选中的元件的引脚信息，如图 4-14 所示。其中的两个复选框意义如下。

（1）【Sort by Name】。选择该项表示列表框中的引脚按引脚名称字母进行排序，若没有选中，则按引脚序号排序，如图 4-15 所示。

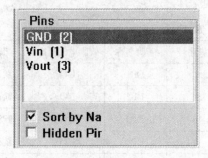

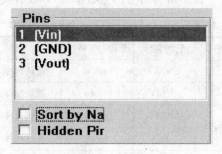

图 4-14　Pin 区　　　　　　　　　图 4-15　没有选择"Sort by Name"项

（2）【Hidden Pin】。选择该项表示屏幕右边的编辑区内显示元件的隐藏管脚及管脚名称，如图 4-16 所示，系统默认是不选择该项，如图 4-17 所示。

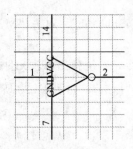

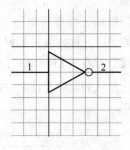

图 4-16　选中"Hidden Pin"复选框　　　图 4-17　未选中"Hidden Pin"复选框

4.3.4　元件符号模式显示窗口

该窗口的作用是显示原理图元件符号的三种模式，大多数库中元件只有一种"Normal"显示模式，选择其他两种模式时则显示空白，而在"TIDatabooks.ddb"数据库中打开"TTL Logic 1988［Commercial］.lib"元件库中可以显示元件的三种模式，以 SN74LS04 为例，各显示模式意义如下。

（1）【Normal】正常模式，如图 4-18 所示。

（2）【De-Moygan】狄摩根模式，如图 4-19 所示。

（3）【IEEE】IEEE 模式，如图 4-20 所示。

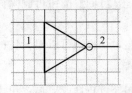 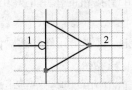 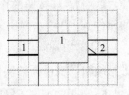

图 4-18　"Normal"模式　　　图 4-19　"De-Moygan"模式　　　图 4-20　"IEEE"模式

4.4　应用实例：创建原理图元件

4.4.1　创建单功能元件——LCD 元件

下面通过制作一个液晶显示屏（LCD）接口的原理图元件符号，来说明单功能元件符号的创建过程。LCD 元件符号图见图 4-21，及有关信息见表 4-3。

表 4-3　　　　　　　　　　　　　　LCD 管 脚 信 息

管脚序号	管脚名称	管脚电气特性	其　他	管脚序号	管脚名称	管脚电气特性	其　他
1	VSS	Passive	默认选择	8	DB1	I/O	默认选择
2	VDD	Passive	默认选择	9	DB2	I/O	默认选择
3	VO	Passive	默认选择	10	DB3	I/O	默认选择
4	RS	Input	默认选择	11	DB4	I/O	默认选择
5	R/W	Input	默认选择	12	DB5	I/O	默认选择
6	EN	Input	默认选择	13	DB6	I/O	默认选择
7	DB0	I/O	默认选择	14	DB7	I/O	默认选择

具体步骤如下：

（1）启动原理图元件库编辑器，将元件库命名为"Myschlib.lib"，双击"Myschlib.lib"文件图标，进入原理图元件库编辑器窗口。

（2）执行【Tools】/【Rename Component …】菜单命令，系统弹出修改元件名对话框，在编辑框里将系统默认的新建元件名"Component_1"改为"LCD"，如图 4-22 所示，然后单击【OK】按钮确定。

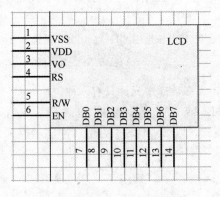

图 4-21　LCD 元件符号图

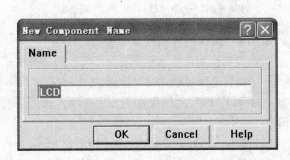

图 4-22　修改元件名称

（3）执行【Options】/【DocutmentOptions】菜单命令，弹出如图 4-23 所示的工作环境设置对话框，将 "Grids" 区域中的 "Snap" 编辑框中数值 10 修改为 5，单击【OK】按钮完成设置，这样就可以在网格中进行画线了。

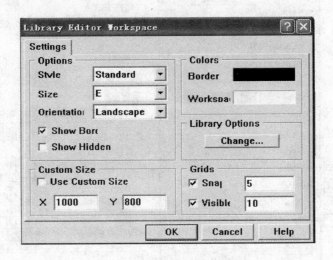

图 4-23　工作环境设置对话框

（4）单击画图工具栏上的▫（画矩形）图标，出现十字光标后，按下 Tab 键，弹出如图 4-24 所示的对话框，可以修改矩形的填充颜色和边框颜色等属性。本例采用默认设置，单击【OK】按钮确定。移动光标以十字坐标原点为起点画一个 8×12 矩形底框，如图 4-25 所示。

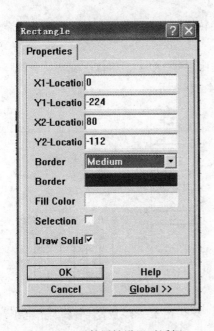

图 4-24　元件属性设置对话框

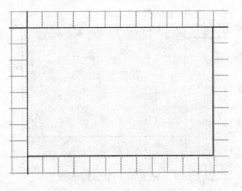

图 4-25　数码管外形轮廓

（5）单击画图工具栏上的▫（放置引脚）图标，出现十字光标后，按下 Tab 键，弹出如图 4-26 所示的对话框，在此可设置当前管脚的各项属性。

将 "Name" 设置为 "VSS"，"Number" 设置为 1，"Electrical" 设置为 "Passive" 其他均为

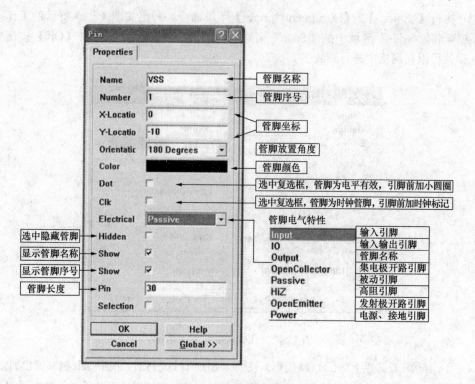

图 4-26　引脚属性设置对话框

默认设置，单击【OK】按钮确定。

（6）此时引脚图形粘附在光标上，单击空格键旋转使端点为黑圆点朝外，移动鼠标至合适位置单击左键，完成引脚 1 的放置，如图 4-27 所示。

（7）此时，系统仍处于放置管脚的命令状态，按照（5）、（6）步骤依次旋转其余管脚，管脚属性可参考表 4-3 进行设置。管脚放置完成后如图 4-28 所示。

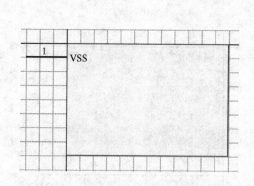

图 4-27　完成第一个引脚的放置

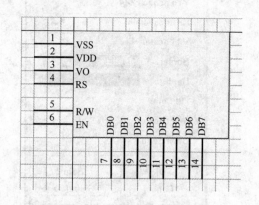

图 4-28　放置完管脚的元件图

（8）单击画图工具栏上的 **T**（输入文本）图标，出现十字光标后，按下 Tab 键，弹出如图 4-29 所示的对话框，在"Text"文本框中输入"LCD"，按下【Change …】按钮打开字体设置对话框，如图 4-30 所示。将字体大小设置为 14，点击【确定】按钮返回至图 4-29，再单击【OK】按钮确定，然后把文字放置在合适位置，结果如图 4-21 所示。

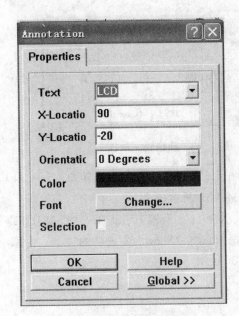

图 4 - 29 文本框编辑对话框

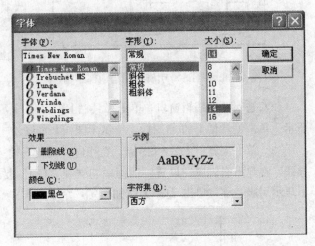

图 4 - 30 字体大小设置

（9）单击浏览器的【Description ...】按钮或执行【Tools】/【Description】菜单命令，弹出如图 4 - 31 所示的对话框，在"Default"栏中输入元件序号的前缀（在此为 U?）；"Description"栏输入"LCD"；在"Footprint"栏第一行输入元件的封装（可设置为"SIP14"），最后单击【OK】按钮确定。

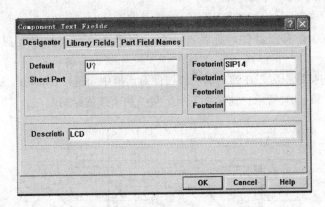

图 4 - 31 设置元件的文本信息

（10）至此，LCD 元件制作完成，最后一定要保存文件，以备以后调用。

4.4.2 创建多功能元件——74LS00

下面以 74LS00 双四二输入与非门的绘制来说明多功能单元器件的创建过程。74LS00 的引脚排列与内部结构如图 4 - 32 所示，其内部有四组相同单元功能的与非门，14 脚接电源，7 脚接地，由于 74LS00 是有源器件，每个子件都要有电源和接地引脚，因此元件要创建四个子件。

（1）进入库元件编辑器，执行【Tools】/【New Component】命令或单击工具栏上的█图标，在弹出的对话框中将新建元件命名为"NEW_74LS00"，如图 4 - 33 所示，单击【OK】按钮确定。

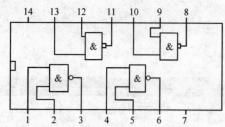

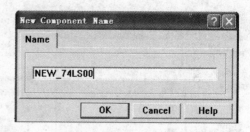

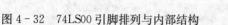

图 4-32　74LS00 引脚排列与内部结构　　　　图 4-33　新建元件命名对话框

（2）进入元件编辑窗口，单击工具栏上的╱图标，在坐标原点下方绘制直线如图 4-34（a）所示。单击工具栏上的⌒图标，绘制半圆弧，如图 4-34（b）所示。

（3）单击工具栏上的⊿图标，在相应位置放置输入引脚 1、2 及输出引脚 3，然后双击 3 脚导线，在弹出引脚属性设置对话框中勾选项 "Dot" 复选框，将 "Show" 复选框的 "√" 去掉，不显示引脚名称，单击【OK】按钮确定，结果如图 4-35 所示。

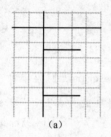

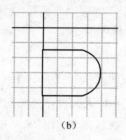

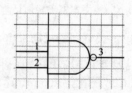

（a）　　　　　　　　　（b）

图 4-34　子件轮廓绘制　　　　　　　　　图 4-35　子件引脚的放置
（a）绘制直线；（b）绘制半圆弧

（4）由于 74LS00 是有源器件，所以每一个与非门子件都要加上电源与接地引脚，如图 4-36（a）所示。

（5）双击电源与接地引脚，在弹出的引脚属性对话框中勾选 "Hidden" 复选框，将两个引脚隐藏，结果如图 4-36（b）所示。这样就完成了第一组子件的绘制。

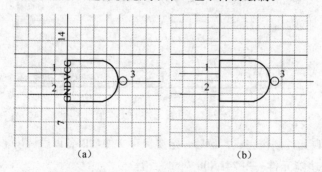

（a）　　　　　　　　　（b）

图 4-36　第一个与非门单元功能子件的绘制
（a）电源引脚隐藏前；（b）电源引脚隐藏后

（6）执行【Tools】／【New Part】菜单命令或单击工具栏上的⊃图标，打开新的窗口添加第二个子件，同时在元件浏览窗口中可以发现当前元件的子件有两个，如图 4-37 所示。

（7）重复（2）、（3）、（4）、（5）、（6）步骤在新的工作区绘制第二个子件，结果如图 4-38 所示。快捷的方法是复制第一个子件，然后将引脚序号修改即可，但要注意隐藏的电源与接地脚没有办法复制，需要另行添加。

（8）按照上述操作，依次完成第三个、第四个子件的绘制，结果分别如图 4-39、图 4-40 所示。

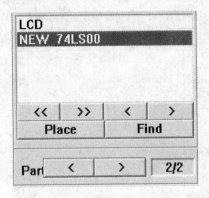

图 4-37 创建了两个子件的元件

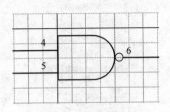

图 4-38 第二个子件

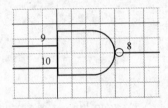

图 4-39 第三个子件

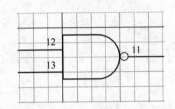

图 4-40 第四个子件

（9）单击浏览器的【Description …】按钮或执行【Tools】/【Description】菜单命令，弹出元件本信息设置对话框，在"Default"栏中输入元件序号的前缀（在此为 U?）；在"Description"栏输入"NEW _ 74LS00"；在"Footprint"栏第一行输入元件的封装（可设置为"DIP14"），最后单击【OK】按钮确定。

（10）至此，完成一个多功能元件的创建。

4.4.3 通过已有库元件创建新元件

我们经常会碰到在 Protel 99 SE 自带的元件库中，包含有与自己需要的元件符号相近的库元件，则可以先对库中的元件进行复制操作。然后在自己新建的元件库编辑区进行粘贴操作，之后再进行必要的调整及修改，完成自己所需要元件的创建。

二极管是常用的元件，但是它在原理图元件库"Miscellaneous Device. lib"中的引脚编号为 1、2，而在 PCB 封装库中"PCB Footprint. lib"中的编号却为 A、K，如图 4-41 所示。这样就会造成在 PCB 编辑器中导入网络表文件时，二极管的引脚不能连接，需要用户修改二极管的图形符号或者修改二极管的封装符号，这样造成了不必要的麻烦，这里介绍如何通过复制、修改获得新的二极管图形符号的一种方法。

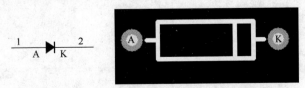

图 4-41 二极管的原理图元件符号与 PCB 封装符号

（1）启动原理图元件库编辑器，新建或打开已有的原理图元件库文件（这里是打开前面已经建立的"MySchlib. Lib"库文件）。执行【Tools】/【New Component】菜单命令或单击工具栏上的 图标按钮，在弹出的对话框中将元件命名为"NEW_DIODE"，如图 4-42 所示。

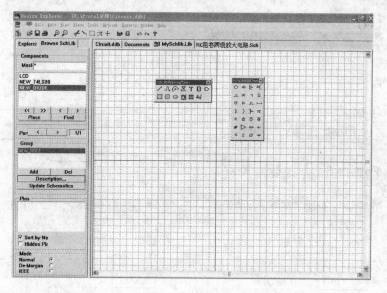

图 4-42　进入元件编辑窗口

（2）执行【File】/【Open】菜单命令，打开"C：\ Program Files \ Design Explorer 99 SE \ Library \ Sch \ Miscellaneous Devices. ddb"数据库。单击元件符号库浏览器窗口中的"Miscellaneous Devices. lib"元件库图标或双击右边编辑窗口中的"Miscellaneous Devices. lib"元件库图标，进入元件库编辑器窗口，在元件符号库浏览器窗口中的"Components"区域拖动列表框右侧的滚动条找到名称为"DIODE"的二极管，单击鼠标左键，则右边编辑区内显示出二极管的符号，如图 4-43 所示。

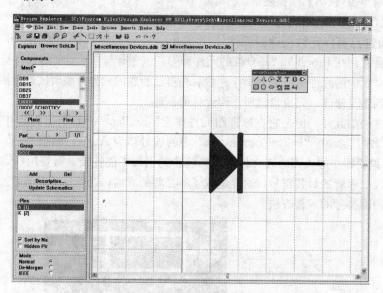

图 4-43　库元件二极管复制到新的元件编辑区

（3）选取二极管符号，执行复制命令，把二极管符号复制到剪切板上。

（4）在文件管理器"Explorer"窗口中，用鼠标左键单击原理图元件库文件"MySchlib. Lib"

的图标，进入第（1）步中开启的元件库编辑器窗口，执行粘贴命令，将剪切板中的二极管库元件符号粘贴到编辑区中，如图4-44所示。

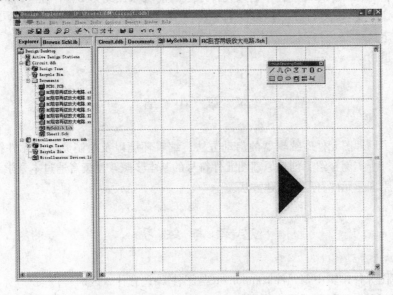

图4-44 进入新的元件编辑窗口

（5）单击工具栏上的 图标，取消元件上的黄色选取标志。

（6）双击二极管的正极引脚，弹出引脚属性编辑对话框，将"Number"栏中的"1"改为"A"，如图4-45所示，同样将负极引脚"2"改为"K"。

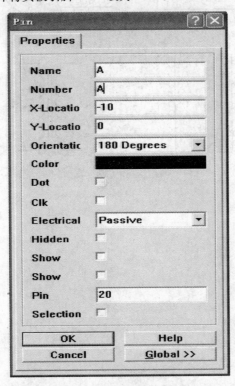

图4-45 管脚属性编辑对话框

（7）单击元件符号浏览器窗口中的"Group"区中的 **Description...** 按钮，在弹出的对话框中进行编辑，在"Default"栏中输入元件序号的前缀（在此为 D?）；在"Description"栏输入"DIODE0.4"；在"Footprint"栏第一行输入元件的封装（可设置为"DIP14"），最后单击【OK】按钮确定。

（8）保存退出。

本 章 小 结

本章介绍了原理图元件库编辑器的启动方法、编辑环境以及绘制原理图元件符号的基本规则，最后通过三个实例介绍了创建原理图元件符号的基本步骤，使读者通过本章学习能够举一反三，灵活掌握原理图元件符号的创建方法。

思 考 与 练 习

1. 在原理图元件编辑中，元件 component 与子件 Part 有什么区别？
2. 绘制原理图时如何调用新建的元件？
3. 建立一个名为"Mylib.lib"的元件库，绘制图 4-46 所示电路中的元件并放入元件库中。

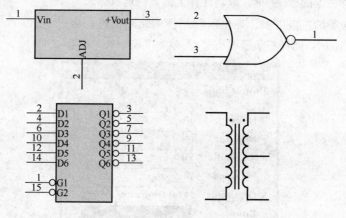

图 4-46　题 3 图

第 5 章

印制电路板设计基础

在前面的章节中，我们已经对原理图的设计进行了详细的介绍，然而电路设计的最终目的是生成印制电路板。原理图的设计只是从原理上给出了电气连接关系，电路功能的最终实现还是依赖于 PCB 板的设计，本章在介绍印制电路设计之前，将要介绍一下印制电路板的基础知识。

5.1 PCB 的 基 础 知 识

5.1.1 PCB 的基本元素

图 5-1 所示为一块已经制作好的成品印制电路板的元件面，从板上大概能够看出印制电路的一些基本组成元素。印制电路板上有一些较大的元件轮廓，这是元件的封装，表示元件在电路板上的空间位置及尺寸大小；整个板上的白色标注是丝印层，丝印层上印制图案和文字标志；能够进行元件引脚焊接的位置是焊盘，图 5-1 中多数是表贴元件的焊盘；包围着焊盘且比焊盘略大一点的浅金色膜是助焊层；焊盘以外的绿色膜是阻焊层；连通焊盘之间被绝缘物覆盖的是铜膜导线；用来安装固定电路板的孔。

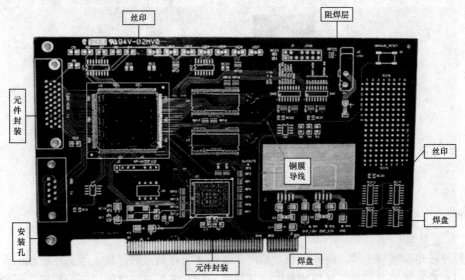

图 5-1 成品印制电路板

由于成品电路板上元件数量多、封装特殊且又布线密集，一些基本元素还是无法看清或不好表示，下面将通过一个设计好的 PCB 图来逐一介绍基本元素，如图 5-2 所示。

1. 元件封装

元件封装实质上是确定元件在电路板上的空间位置，即实际元件焊接到电路板时显示的外观

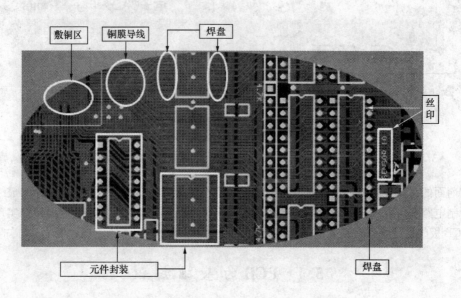

图 5-2　PCB 图

和焊点位置，它是实际元件管脚与印制电路上的焊点一致的保证。不同元件可能有相同的封装，相同元件可能有不同的封装。所以在设计印制电路时，不仅要知道元件的名称、型号，还要知道元件的封装。

元件的封装可分为引针脚式和表贴式（SMT）两大类。例如电阻元件的封装形式有 AXI-AL0.3、AXIAL0.4，一直到 AXIAL1.0 共八种针脚式封装；还有 0805 等表贴式封装形式，图 5-3 所示为电阻元件的两种封装形式，关于元件的封装知识我们将第七章详细介绍。

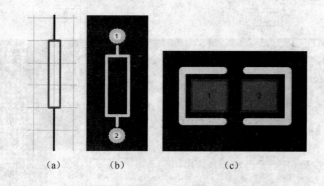

图 5-3　电阻的电气符号与其不同封装

(a) 电阻的电气符号；(b) 电阻的引针脚式封装；(c) 电阻的表贴式封装

2．铜膜导线

铜膜导线也称铜膜走线，简称导线，是用于连接各个焊盘点的导线。印制电路板的设计都是围绕如何布置导线来进行的，导线的宽度、导线的走线方式、导线之间的安全距离等规则设置的好坏与电路板的性能有很大关系。如图 5-2 所示许多水平方向的走线就是 PCB 顶层的铜膜导线。

3．飞线

飞线，即预拉线，是在输入网络表以后，系统自动生成用来指示布线的一种线，它只表示焊盘间有电气连接关系，并不是真正意义上的铜膜导线，如图 5-4 所示。

飞线与导线的区别是：飞线只在形式上表示两元件间的连接关系，而导线表示两元件间的真实电气连接意义，一旦飞线布成真正的导线，则飞线自动消失。

4. 焊盘（Pad）和过孔（Via）

焊盘的作用是放置焊锡、连接导线和元件引脚。焊盘的形状有圆形、方形、八角形等，如图5-5所示。选择元件的焊盘类型要综合考虑该元件的形状、大小、布置形式、振动和受热情况、受力方向等因素。Protel 在封装库中给出了

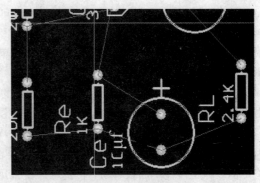

图 5-4 飞线的产生

一系列不同大小和形状的焊盘，但有时这还不够用，需要自己编辑。

图 5-5 焊盘的形状

过孔是为了连通各层之间的线路，在各层需要连通的导线的交汇处钻上一个公共孔。过孔有三种类型：贯穿整修板层的穿透式过孔、从最外层到中间某层的盲过孔和中间层到中间层之间的埋孔。工艺上在过孔的孔壁圆柱面上用化学沉积的方法镀上一层金属，用以连通中间各层需要连通的铜箔，如图5-6所示。而过孔的上下两面做成普通的焊盘形状，可直接与上下两面的线路相通，也可不连。过孔的形状是圆形的且过孔没有编号，但可以有网络名称，如图5-7所示。

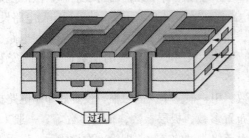

图 5-6 多层板过孔示意图

图 5-7 过孔的形状与网络名

5. 助焊膜和阻焊膜

助焊膜是涂于焊盘上，即电路板上比焊盘略大的浅色圆斑，它是提高焊接性能的。阻焊膜正好相反，为了使制成的板子适应波峰焊等焊接形式，要求在电路板上非焊盘处不能粘锡，因此在焊盘以外的各部位都要涂覆一层绝缘涂料，用于阻止这些部位上锡。可见，这两种膜是一种互补关系。

6. 英制与公制的转换

Protel 99 SE 的 PCB 编辑器支持英制（mil）与公制（mm）两种长度单位。它们的换算关系

是：1mil＝0.0254mm 或 1mm＝40mil（其中 1000mil＝1in）。

5.1.2　PCB 的结构

印制电路板（PCB）的常见结构可以分为单层板（Single Layer PCB）、双层板（Double Layer PCB）和多层板（Multi Layer PCB）三种。

（1）单层板。一面敷铜，另一面没有敷铜的电路板。用户只能在敷铜的一面放置元件和布线，由于另一面没有敷铜，因此单层板不能设置过孔。单层板适用于简单的电路板设计。

（2）双层板。双层板包括顶层（Top Layer）和底层（Bottom Layer）两层，两面敷铜，中间为绝缘层。双层板两面都可以布线，一般需要由过孔或焊盘连通。双面板可用于比较复杂的电路，但设计工作比单面板容易，因此被广泛采用，是现在最常用的一种印制电路板。

（3）多层板。多层板是指包含了多个工作层面的电路板。它是在双面板的基础上增加了内部电源层、接地层及多个中间信号层。其缺点是制作成本很高。图 5-8 所示为多层板结构。

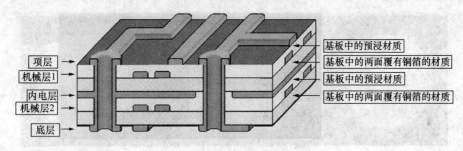

图 5-8　电路板的结构

5.2　PCB 设计基本步骤

对于实际接触印制电路板的用户来说，首先就是要弄清 PCB 设计的基本工序，如图 5-9 所示。

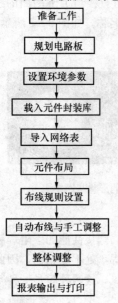

图 5-9　PCB 设计步骤

（1）准备工作。准备工作就是利用原理图编辑器绘制出正确的电路原理图，并且要编辑好原理图中每个元件的封装名称，然后生成该原理图的网络表。在电路简单的情况下，可以直接进行印制电路设计。

（2）规划电路板。在绘制印制电路板之前，用户需要对电路板有一个初步的规划。如 PCB 的尺寸、电路板的层数、元件的安装方式等。

（3）设置环境参数。用户根据个人的习惯，设置好印制电路板的环境参数。如元件的布置参数、板层参数、布线参数等。一般来说，使用默认设置即可，对于修改过的参数，即第一次设置后，以后使用无需修改。

（4）载入元件封装库。导入网络表之前必须将原理图中所有元件的封装所在的封装库载入到 PCB 编辑器中，否则在导入网络表时，程序会提示导入失败。

（5）导入网络表。网络表是电路板布线的灵魂，也是原理图设计系统与印制电路板设计系统的接口，因此这一步是非常重要的环节。只有将网络表导入之后，才能完成电路板的自动布线。一般来说导入网络表不会一次成功，这就需要重新回到原理图中或网络表中进行修改，再重新创建网络表，重复以上过程直至没有错误才能进入下一步。

（6）元件布局。元器件的布局就是要确定元件在电路板上的摆放位置。元件布局除了要求美观整齐以外，更重要的是考虑布线是否方便。Protel 99 SE 中既可以进行自动布局，也可以手工布局，但自动布局的效果不理想，所以在元件数量较多的情况下，可以采取自动布局与手工布局相结合的方法来进行，在元件数量较少的情况下可以直接采取手工布局，这样更方便、更快捷。

（7）布线规则设置。在进行布线之前，首选要进行布线规则设置，如走线的宽度、导线与焊盘的安全距离、平等导线的间距、过孔的尺寸等。必要的布线规则设置将给我们布线带来方便，使 PCB 板图更符合工艺制作要求。

（8）自动布线与手工调整。PCB 的布线有自动布线和手工布线两种，一般情况下是自动与手工布线相结合。

（9）整体调整。即使电路板设计完成以后，仍然有很多地方需要完善，从整体优化角度考虑，可能还需要进行一些局部调整、添加各种注释信息等。

（10）报表输出与打印。将 PCB 文件保存，生成报表文件或打印输出。

5.3 PCB 设计编辑器

5.3.1 新建 PCB 文件

印制电路板的设计是在 PCB 设计编辑器环境下进行的，启动 PCB 编辑器建立 PCB 文件步骤如下：

（1）启动 Protel 99 SE 建立设计数据库文件，进入 Protel 设计管理器，打开"Document"文件夹。

（2）执行【File】/【New】菜单命令，系统弹出如图 5-10 所示的新建设计文件对话框。单击选中"PCB Document"图标，再单击【OK】按钮确定或直接双击"PCB Document"图标，即可创建一个默认名为"PCB1.PCB"的 PCB 文件。

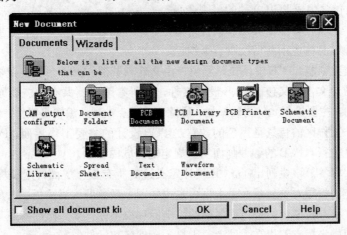

图 5-10　新建 PCB 文件

（3）在编辑器窗口中双击"PCB1.PCB"文件图标或在文件浏览器窗口中单击该文件图标，系统进入印制电路板的编辑器界面，见图 5-11

5.3.2 PCB 界面简介

PCB 设计界面与原理图设计界面相似，主要由以下几部分组成：

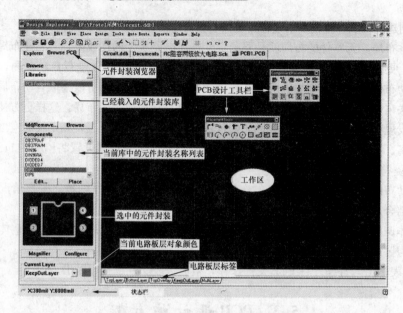

图 5-11　PCB 编辑器工作界面

（1）菜单栏。在 PCB 设计过程中，各项操作都可以通过菜单来完成。其中"File"、"Edit"、"View"、"Window"、"Help"五个菜单的内容和操作命令与原理图设计界面中的菜单意义几乎相同，其他几个菜单意义如下。

1）Place：包含了 PCB 设计时放置对象的所有菜单命令。

2）Design：包含了进行 PCB 设计时的电路板工作层设置、布线规则、网络表导入等重要操作命令。

3）Tools：提供 PCB 设计时所需要的各种工具。

4）Auto Route：这是 PCB 编辑器所特有的，主要包含了 PCB 布线的各种操作命令。

5）Reports：包含生成 PCB 文件的报表命令。

（2）工具栏。工具栏有主工具栏、放置工具栏、元件封装排列工具栏，主要放置一些常用命令的快捷操作按钮，具体应用将后续章节介绍。

（3）元件封装浏览器。PCB 设计管理器窗口由文件浏览器和元件封装浏览器组成，文件浏览器既包含原理图设计文件，又包含 PCB 设计文件，是所有编辑器共有的。而元件封装浏览器是 PCB 编辑器特有的，主要进行元件封装添加、删除、选择、放置、编辑等操作。

（4）工作区。工作区的背景是黑色的，它是 PCB 设计的主要工作界面，PCB 设计时的所有对象操作均在此区进行，PCB 的各种画面均在规定的区域内显示。

（5）电路板层标签。该栏列出了 PCB 设计定义过的所有板层层面，用鼠标单击某一板层标签，则工作区相应的板层对象显示在最上层，左边的图示颜色即为当前板层对象显示的颜色。

（6）状态栏。状态栏显示的是当前鼠标的纵坐标和横坐标，如果鼠标指在某段导线上，则显示的是该导线的起始坐标，若指在元件上，则显示元件名和元件位置。

5.4　PCB 的工作环境设置

5.4.1　设置板层

在 PCB 设计前，用户应当对自己设计的板层类型有所了解，是设计单层板、双层板还是多层板？如果是单层板和双层板，板层类型设置比较简单，后续内容将详细介绍，如果是多层板，则 Protel 99 SE 有专门的菜单命令进行设置。Protel 99 SE 中最多可设置 32 个信号层，16 个内电层，16 个机械层。

执行【Design】/【Layer Stack Manager …】菜单命令，系统弹出如图 5-12 所示的多层板设置对话框。

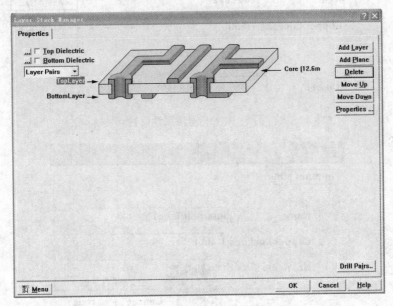

图 5-12　多层板设置对话框

对话框的各按钮作用如下：

(1) Add Layer。添加信号层，首选单击"TopLayer"或"BottomLayer"，然后单击一次【Add Layer】按钮，则系统自动添加一层名为"MidLayer1"的中间信号层。每单击一次，都自动添加一层信号层。

(2) Add Plane。添加内电层，即用来添加电源层或接地层，添加前先选择信号层，然后单击【Add Plane】按钮，系统自动会在该信号层下面添加一个名为"InternalLayey1"的内电层，只有选择了"BottomLayer"，才会在底层上方添加内电层。

(3) Delete。选中某一层后单击【Delete】按钮就可删除该层。

(4) Move Up。单击【Move Up】按钮，就可使选中的层位置上移一层。

(5) Move Down。单击【Move Down】按钮，就可使选中的层位置下移一层。

(6) Properties。选择某一层，单击该按钮，就会打开该层的属性设置对话框。可以设置信号层、内电层和绝缘层的属性。

选中信号层，再单击【Properties】按钮，系统弹出信号层的属性设置对话框，如图5-13所示。同样内电层与绝缘层的属性设置分别如图 5-14、图 5-15 所示。

选中内电层，再单击【Properties】按钮，系统弹出内电层的属性设置对话框，如图5-14所示。

单击"Core"（两面覆铜箔的层）或单击"Prepreg"（预浸黏合胶片层），都会弹出绝缘层属性设置对话框，如图 5-15 所示。PCB 的核心材料是基板材料，最常见的基板为铜箔基板，即我们所说的覆铜板。铜箔基板材料可分为纸质、复合基板和 FR-4 三大类。而 FR-4 铜箔基板为目前的主流，采用环氧树脂、8 层玻璃纤维布和电镀铜箔制成。

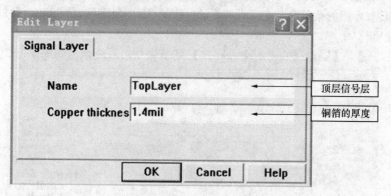

图 5-13　信号层属性设置

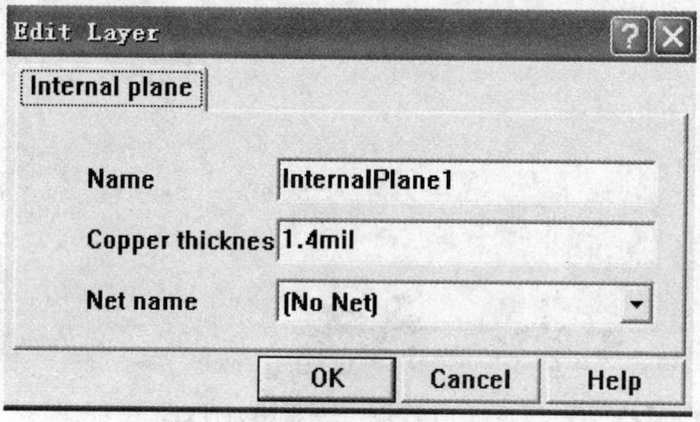

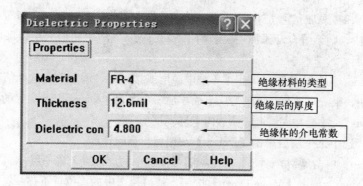

图 5-14　内电层属性设置

图 5-15　绝缘层属性设置

（7）Drill Pairs。设置电路板用于钻孔的两层。

（8）Menu。单击【Menu】按钮或在 PCB 板层设置对话框的空白处单击右键都可弹出一下拉菜单，如图 5-16 所示，菜单中除与右侧按钮功能相同的命令外，"Example Layer Stacks" 菜单命令提供了进行快速板层层数设置的命令，图 5-17 所示为通过快捷菜单设置的两层信号层、两层内电层的四层板。

（9）Top Dielectric。选中该复选框，则表示在顶层添加绝缘层，单击复选框左边的 ▦ 图标按钮，在弹出的对话框可进行阻焊层属性设置。

（10）Bottom Dielectric。选中该复选框，则表示在底层添加绝缘层，单击复选框左边的 ▦

图标按钮，在弹出的对话框也可以进行阻焊层属性设置。

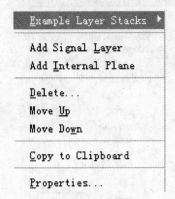

图 5-16　板层设置的菜单命令

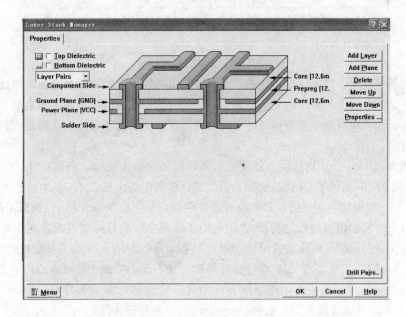

图 5-17　四层电路板结构

5.4.2　设置工作层类型与栅格

1. 工作层类型设置

PCB 编辑中还包含一种层环境，在设计 PCB 时，用户就是通过在这些不同层上放置各种图件来完成设计的，在任意时刻，只有一个层是当前层。Protel 99 SE 提供了若干工作层面，执行【Design】/【Options】命令，弹出如图 5-18 所示的"Document Options"对话框，在 Layers 选项卡中可以看到各种工作层面。

（1）Signal layers。信号层是铜膜板层，主要是进行电气布线的。包括 TopLayer、Bottom-Layer 和 30 个 MidLayer。信号层中只有顶层和底层既可放置元件又可放置铜膜导线，中间的 30 层中低级放置铜膜导线。信号层为正性，即放置在这些层上的导线或其他对象代表了电路上的敷铜区。

（2）Internal planes。内电层是指内部电源层和内部接地层，主要用于放置电源线和地线。Protel 99 SE 提供了 16 个内部电源/接地层，元件中接电源的引脚和接地的引脚可直接连接到内

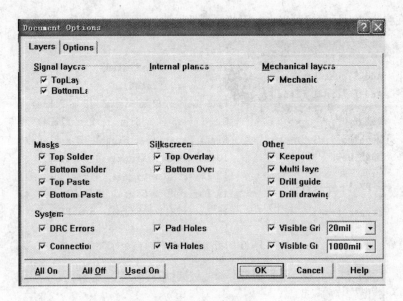

图 5-18　工作层的设置

部电源层和内部接地层。内电层是负性的，即放置在这些层面上的导线和其他对象代表了电路板上的未敷铜区。内电层通常是一块完整的铜箔，单独设置内电地层可最大限度地减少电源与地之间的连线长度，而且对电路中高频信号的干扰起到屏蔽作用。由于系统默认的是双层板，所以该区域下无设置项。

（3）Mechanical layers。机械层主要用于定义电路板的标注尺寸、机械尺寸、定位孔及装配说明等。Protel 99 SE 提供了 16 层机械层，系统默认机械层为 1 层。

（4）Masks。阻焊层与助焊层，其中阻焊层有两个，一个是 Top Solder（顶层阻焊层），一个是 Bottom Solder（底层阻焊层），它们的作用是设计过程中自动与焊盘匹配，在非焊盘处涂上绝缘漆以防止焊接。助焊层又叫防锡膏层，它也有两个，一个是 Top Paste（顶层助焊层），一个是 Bottom Paste（底层助焊层）。它与阻焊层是互补的，这一层一般镀金或镀锡的，用来帮助焊接。

（5）Silkscreen。丝印层主要用于绘制元件的外形轮廓和标示元件序号。丝印层也有两层，分别是 Top Overlay（顶层丝印层）和 Bottom Overlay（底层丝印层）。

（6）Keepout。禁止布线层作用是设置电气特性的铜一侧的边界。只有设置了禁止布线边界，系统才能进行自动布局和布线。

（7）Multiplayer。是否显示多层，若未选择，则像焊盘和过孔这些具有多层属性的对象将无法显示出来。

（8）Drill guides 绘制和 Drill drawing。Drill guides（绘制钻孔导引层）用于描述钻孔位置的，Drill drawing（绘制钻孔图层）用于描述钻孔图。

（9）System。系统区域包含多项设置，意义如下：

1）Connection：是否显示飞线。

2）DRC Errors：是否显示自动布线检测到的违反设计规则的错误信息。

3）Pad Holes：是否显示焊盘通孔。

4）Via Holes：是否显示过孔通孔。

5）Visible Grid1：是否显示第一组栅格。

6）Visible Grid2：是否显示第二组栅格。

2. 栅格设置

在"Document Options"对话框中单击"Options"选项卡，弹出如图 5-19 所示的对话框。在对话框中可对 PCB 编辑区的光标移动栅格、电气捕捉栅格、元件移动栅格、栅格形状、栅格单位进行设置。

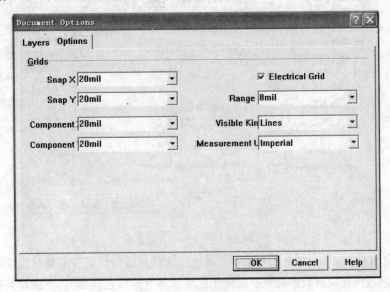

图 5-19　栅格的设置

（1）Snap X/Y。指光标每次在 X 方向或 Y 方向移动的栅格间距。用户可在右边的编辑框设置参数。

（2）Component X/Y。指元件在 X 和 Y 方向移动的栅格间距。同样用户可在右边的编辑框设置参数。

（3）Electrical Grid/Range。选中复选框显示的电气栅格，并且下方的 Range 编辑框处于活动状态，否则不可编辑。选中复选框，在进行布线时，系统会自动以光标为中心，Range 的值为半径的圆周区域捕捉焊盘，一旦捕捉到焊盘，光标会自动移到焊盘上。

（4）Visible Kind。设置栅格显示的形状，"Lines"表示线形，这是系统默认的栅格形状，"Dots"表示点形。

（5）Measurement Units。设置栅格的度量单位，有"Imperial"（英制）和"Metric"（公制）两种，两者的换算关系见 5.1.1 节。也可通过菜单命令【View】/【Toggle Unit】进行单位切换。

5.4.3　PCB 设计的环境参数设置

执行【Tools】/【preferences】菜单命令，系统将弹出如图 5-20 所示的 Preferences 对话框。对话框中有 6 个选项卡，它包含了 PCB 编辑环境的各种参数，下面分别予以介绍。

1. Options 选项卡

Options 选项卡用于设置一些特殊功能，如图 5-21 所示。各选项含义如下：

（1）Editing Options。

1）Online DRC：在线设计规则检查。选中此项表示启用在线设计规则检查功能。

2）Snap To Center：选中此项时，如果光标选中的是元件封装，则光标自动移到元件封装的参考点处（通常为它的引脚 1）；若选中的是字符串，光标自动移到字符串的左下角处；若选中的是焊盘或过孔，则光标移到中心。

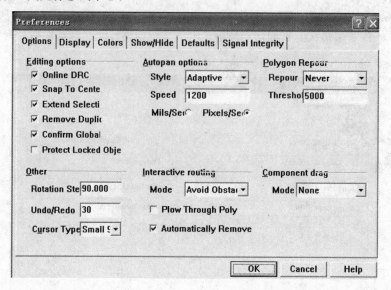

图 5 - 20 Preferences 对话框

3）Extend Selection：此项表示对图中对象进行连续选取时，是否取消已经选取的对象。选中此项时，表示连同前次选取的对象一起处于选取状态（呈反色显示），不选择此项，则前次的选取被取消，本次选取对象呈选取状态。系统默认选择此项。

4）Remove Duplicate：选择此项表示系统在输出数据时自动删除重复的对象。系统默认选择此项。

5）Confirm Global Edit：选择此项表示在进行元件全局编辑时系统会自动弹出元件全局属性编辑对话框。系统默认选择此项。

6）Protect Locked Object：此项表示保护锁定的对象。如果选择此项，在 PCB 编辑器中的任何操作对锁定的对象不起作用。若对锁定的对象进行操作时系统将弹出一个对话框询问是否继续此操作。

（2）Autopan Options。该区域主要用于设置 PCB 设计工作区中的视图的自动移动。

1）Style：视图的自动移动模式，共有 7 种，如图 5 - 21 所示。

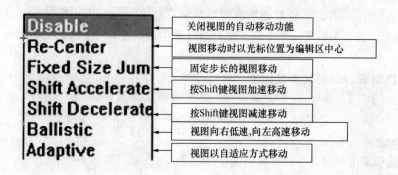

图 5 - 21 视图的自动移动模式

2）Speed：当选择视图的自动移动模式为"Adaptive"时，"speed"编辑框用于设置视图移动的速度，如图 5 - 22 所示。当其移动速度单位有两种，一是英制单位 mil/s（米尔/秒，1mil＝

0.0254mm），一种是 Pixels/s（像素/秒），系统默认的是 Pixels/s。

（3）Polygon Repour。该区域主要用于设置 PCB 设计过程中的多边形填充绕行方式。

1）Repour：此项设置是否让多边形填充绕过焊盘。它有三个选项，Never（覆盖）、Threshold（根据阈值绕行）、Always（总是绕行）。

2）Threshold：只有在"Repour"下拉列表框中选择"Threshold"时，该编辑框才起作用。

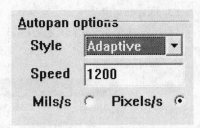

图 5 - 22　视图自适应移动
速度与单位选择

（4）Other。

1）Rotation Step：设置元件旋转角度的步长，默认角度为 90°，如需特殊角度时，可在编辑框中输入。

2）Undo/Redo：设置撤销操作与重复操作次数。默认为 30 次。

3）Cursor Type：设置显示的类型。它有三个选项，Large Cursor90（大光标，90°方向）、Small Cursor90（小光标，90°方向）、Small Cursor45（小光标，45°方向）。

（5）Interactive routing。

1）Mode：用来设置交互式布线的模式。它有三个选项，Ignore Obstacle 表示布线时遇到障碍时忽略障碍强行布线、Avoid Obstacle 表示布线时遇到障碍时避开障碍进行布线、Push Obstacle 表示布线时遇到障碍时移动障碍进行布线。

2）Plow Through Poly：布线时使用多边形的方法来检测布线障碍。

3）Automatically Remove：自动删除多余的布线路径。

（6）Component drag。该区域主要用于设置在 PCB 设计过程中拖动对象时导线与元件管脚之间是否保持连接。前提是执行【Edit】/【Move】/【Drag】命令在拖动对象时选择才有效，如图 5 - 23 所示。

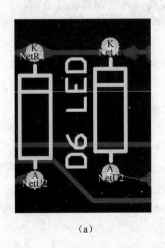

（a）

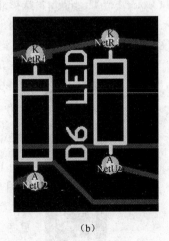

（b）

图 5 - 23　拖动对象时选择
（a）选择 None；（b）选择 Connected Tracks

1）None：不连接。

2）Connected Tracks：保持连接。

2. Display 选项卡

Display 选项卡适用于设置 PCB 工作环境的显示功能，如图 5 - 24 所示。它由三个选项区域组成。

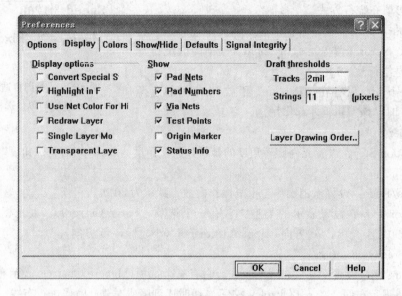

图 5 - 24　Display 选项卡

（1）Display Options（显示方式）。

1）Convert Special String：选择此项时将特殊功能字符串转换为它所代表的文字显示。见第5 章。

2）Highlight in Full：选择此项表示选取对象以高亮显示，勾掉此项，选取对象的轮廓以高亮显示，整个亮度不明显。

3）Use Net Color For Highlight：选择此项表示将所选择的网络高亮显示。

4）Redraw Layer：选择此项表示进行图层切换时窗口显示将被刷新，以不同层设置的颜色显示该层的对象，没有刷新可以按"End"键。

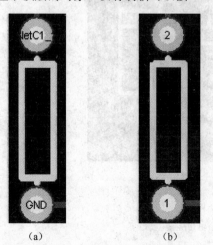

（a）　　　　　　（b）

图 5 - 25　焊盘与编号的设置显示

（a）只显示焊盘；（b）只显示编号

5）Single Layer Mode：表示图层以单层模式显示。

6）Transparent Layers：选择此项对图层进行透明显示。

（2）Show。该区域主要用于设置 PCB 图上的信息显示。

1）Pad Nets：选择此项表示显示焊盘所在的网络，见图 5 - 25（a）。

2）Pad Numbers：选择此项表示显示焊盘的编号，见图 5 - 25（b）。

3）Via Nets：选择此项表示显示过孔所在的网络。

4）Test Points：选择此项显示测试点。

5）Origin Marker：选择此项显示原点标记。

6）Status Info：选择此项显示状态信息。即当光标移动某一对象时，状态栏会同步显示该对象的状态信息。

（3）Draft thresholds。该区域主要用于设置 PCB 图在 Draft 草图模式下走线宽度与字符串长度的显示方式。

1）Tracks：设置走线宽度阈值，默认值为 2mil。

2）Strings：设置字符串长度阈值，默认值为 11Pixels。

3. Colors 选项卡

Colors 选项卡用于设置工作层面的颜色，包括图件对象、图层背景等显示颜色设置，如图 5 - 26 所示。单击 "Default Colors" 按钮将所有颜色设置改为系统默认设置，单击 "Classic Colors" 按钮将所有颜色设置改为经典设置。系统默认为经典设置。

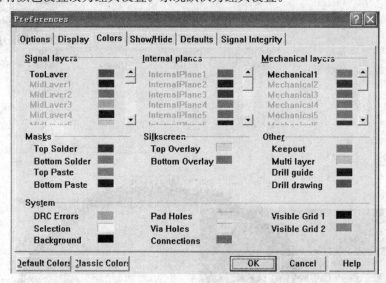

图 5 - 26　Colors 选项卡

设置颜色时，单击工作层面右边的颜色块，弹出如图 5 - 27 所示的颜色选择对话框，从中选择需要的颜色，再单击【OK】按钮即完成设置。如果用户要自定义各板层的颜色，可以单击【Define Custom Colors】按钮，在弹出如图 5 - 28 所示的对话框中选择新的颜色，再单击【添加到自定义颜色】按钮，最后单击【OK】按钮确认完成自定义颜色的设置。

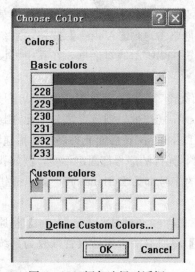

图 5 - 27　颜色选择对话框

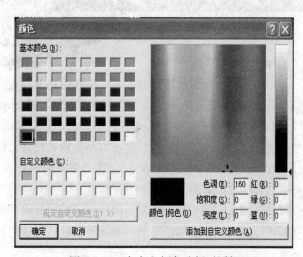

图 5 - 28　自定义颜色选择对话框

4. Show/Hide 选项卡

Show/Hide 选项卡主要用于设置图件对象的显示模式，它共有 10 个图件对象区域，每个区域有三种显示模式，如图 5-29 所示。

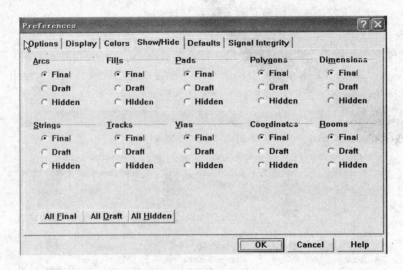

图 5-29 Show/Hide 选项卡

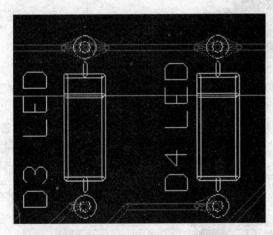

图 5-30 Draft 模式显示效果

（1）Final。精细显示模式，系统默认选择此项。

（2）Draft。草图显示模式，对象以轮廓的形式显示，如图 5-30 所示。

（3）Hidden。隐藏模式，相应对象不显示。

5. Defaults

Defaults 选项卡用于设置 PCB 中各个对象的默认值，如图 5-31 所示。

（1）Primitive type。该列表框列出了所有 10 种图件名称，可以双击图件名称或选中某一图件后，再单击【Edit Values】按钮，系统将弹出如图 5-32 所示的对话框，在其中可设置相应图件的属性。

（2）Permannent。选择该项表示该图件的属性设置为永久设置。所有元件封装的默认序号为 Designator，当放置元件封装时，如果没有选择"Permannent"复选框，则放置第一个元件封装序号从 Designator1 开始，第二个元件封装的序号就自动为 Designato2，后面元件序号依稀递增。如果选择了"Permannent"复选框，则不论放置什么元件时，元件的序号都固定不变，例如我们将任一元件设置成 Designator3，则每次放置元件时，元件的序号都为 Designator3。如果撤销选中，则元件序号应付递增 Designator3。

（3）其他。【Save AS】将当前图件的属性设置以"＊.DFT"文件格式保存。【Load】将原先设置的文件导入，使之成为当前的系统参数值。【Reset All】将所有图件属性设置恢复为系统默认设置。

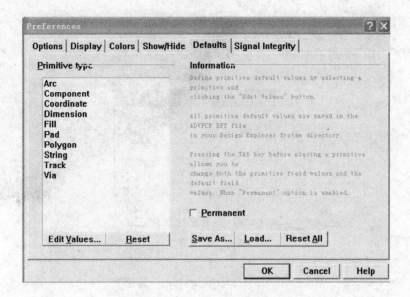

图 5 - 31 Defaults 选项卡

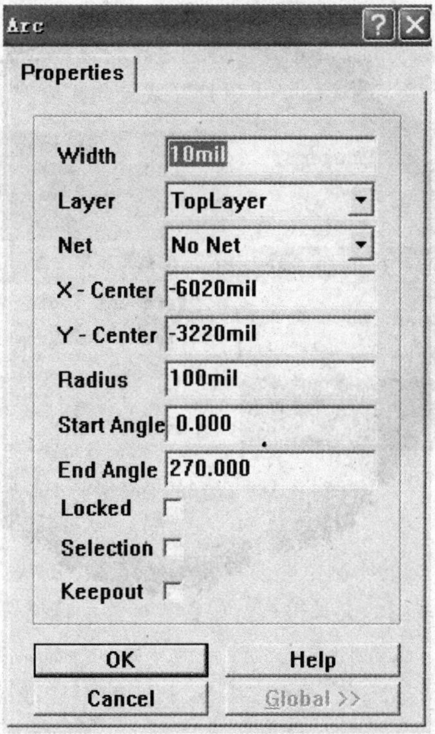

图 5 - 32 "Arc" 属性设置对话框

6. Signal Integrity

该选项卡用于设置信号完整性分析，主要用于设置元件标识与元件类型之间的对应关系，为信号完整性分析提供信息，如图5-33所示。单击【Add】、【Load】、【Edit】按钮用于添加、删除、编辑需要分析信号完整性的元件。图中的小对话框为添加元件类型对话框。

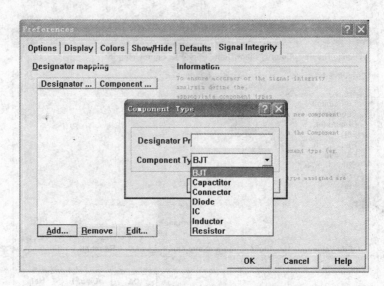

图 5-33　"Signal Integrity" 选项卡

5.5　PCB 的 绘 图 工 具

Protel 99 SE 提供了 4 种常用的工具栏，可以通过执行【View】/【Toolbars】菜单命令，在系统弹出的下拉子菜单中选择相应的命令，可以打开或关闭相应的工具栏，如图5-34所示。

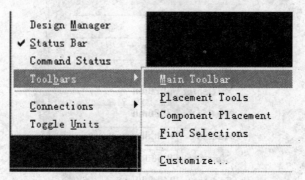

图 5-34　PCB 的工具栏

5.5.1　主工具栏

主工具栏主要提供一些常见的印制电路设计菜单操作命令的快捷按钮，多数按钮与原理图设计的按钮功能相同。只有 3D 视图、交叉检查、设置光标移动栅格等按钮是 PCB 设计编辑器所特有的，如图 5-35 所示。

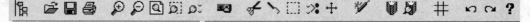

图 5-35　PCB 的主工具栏

5.5.2　放置工具栏

执行【View】/【Toolbars】/【Placement Tools】菜单命令，可以打开放置工具栏，如图5-36所示。该工具栏主要为用户提供各种图形绘制及布线命令。表5-1列出了各个按钮对应的菜单命令和功能。

图 5-36　PCB 的放置工具栏

表 5-1　　　　　　　　　　**放置工具栏按钮与对应菜单命令**

图　标	功　能	菜　单　命　令	快捷键
🖋	绘制导线	【Place】/【Interactive Routing】	P/T
≈	绘制直线	【Place】/【Line】	P/L
⊚	放置焊盘	【Place】/【Pad】	P/P
⚲	放置过孔	【Place】/【Via】	P/V
T	放置字符串	【Place】/【String】	P/S
,10,10	放置坐标	【Place】/【Coordinate】	P/O
·10·	放置尺寸标志	【Place】/【Dimention】	P/D
⊠	放置相对原点	【Edit】/【Origin】/【Set】	E/O/S
▧	放置房间定义	【Place】/【Room】	P/R
⦀	放置元件封装	【Place】/【Component】	P/C
⌒	从边缘绘制圆弧	【Place】/【Arc（Edge）】	P/E
⌒	从圆心绘制圆弧	【Place】/【Arc（Center）】	P/A
⌒	从任意角度绘制圆弧	【Place】/【Arc（Any Angel）】	P/N
⊘	绘制满圆	【Place】/【Full Arc】	P/U
▢	放置矩形填充区	【Place】/【Fill】	P/F
◿	放置多边形敷铜区	【Place】/【Polygon Plane】	P/G
▤	放置内电层	【Place】/【Split Plane】	P/I
▦	陈列粘贴	【Edit】/【Paste Special】	E/A

　　PCB 放置工具栏的多数按钮与前面原理图设计的放置工具栏按钮的操作相似，这里要特别注意的是🖋按钮和 ≈ 按钮的区别：前者常用于绘制具有电气连接的导线，而后者常用于绘制没有电气连接的导线。在手工布线时，若使用后者连线，导线连接关系虽然有效，但不会实时检测连接关系。对于放置填充区、放置多边形敷铜、放置内电层几个按钮将后面章节予以介绍。

本 章 小 结

　　本章主要介绍了 PCB 制作的基础知识、PCB 制作的流程、PCB 编辑器的启动与界面、电路板层的结构与设置、PCB 设计环境参数的设置、PCB 的工作层类型及 PCB 制作的工具栏。主要目的是熟悉 PCB 绘制的各种要求与编辑器环境，为下一章 PCB 制作做好准备。

思 考 与 练 习

1. PCB 最基本的元素有哪些？简述 PCB 制作的流程。
2. PCB 的结构有几种？如何设置 PCB 多层板？
3. 建立一个名为"MyPcb.pcb"的 PCB 文件，要求为单层板，请根据需要设置 PCB 的工作层类型。

第 6 章

印 制 电 路 板 设 计

在了解印制电路板设计基础，掌握了系统参数设置、窗口参数设置及绘图工具介绍后，我们下面按照印制电路板的设计步骤来举例说明 PCB 的制作过程。

6.1 单面板的制作

6.1.1 准备原理图和网络表

PCB 设计的第一步就是要绘制好电路原理图，然后根据原理图生成网络表。因为在 Protel 系统中，网络表是连接原理图与制印电路板的重要桥梁，网络表把原理图中电气符号的连接关系转化为印制电路板中元件封装的连接关系，是进行电路板自动布线的依据，电路板中通过网络表的网络特性生成的飞线给手工布线带来很大方便。

从原理图生成网络表必须满足下面两个条件：

（1）原理图绘制正确，经检查确认无误；

（2）原理图中的每个元件定义了元件封装。

1. 准备电路原理图

下面以第三章设计的 RC 阻容两级放大电路为例来进行电路板制作。电路如图 6-1 所示。

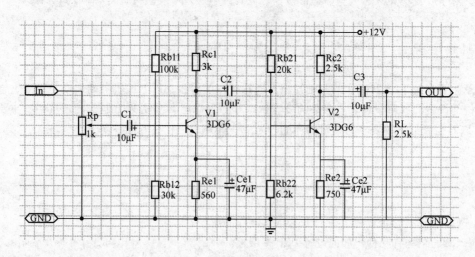

图 6-1　RC 阻容两级放大电路

2. 创建网络表

对于熟练的操作者来说，在绘制原理过程中就已经定义了元件的封装，也可以在原理图绘制完成后再编辑元件的封装。例如，双击电容 C1，打开电容属性设置对话框，如图 6-2 所示。

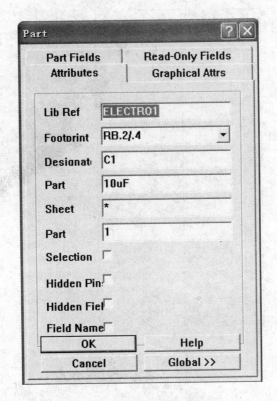

图 6-2　电容元件的属性设置

在"Footprint"编辑框输入 RB.2/.4，RB.2/.4 即为电解电容 C1 的封装模型，单击【OK】按钮完成设置。依次设置所有元件的封装，其他元件封装如表 6-1 所示。

表 6-1　　　　　　　　　　　　　　元 件 属 性 列 表

元 件 编 号	原理图元件符号		印刷板元件封装符号	
	Lib Ref	Libraries. lib	Footprint	Libraries. lib
Rb11、Rb12、Rb21、Rb22、Rc1、Rc2、Re1、Re2、RL	RES2	Miscellaneous Devices. lib	AXIAL0. 4	PCB Footprints
C1、C2、C3、Ce1、Ce2	ELECTRO1		RB. 2/.4	
Q1、Q2			TO92B	
Rp	BRIDGE1		VR5	

在原理图编辑器窗口中，执行【Design】/【create Netlist ...】菜单命令，生成网络表 RC 阻容两级放大电路 . NET，如图 6-3 所示。

6.1.2　规划电路板

任何电子产品都有尺寸要求，因此在设计 PCB 图时，用户应根据实际需要来确定电路板的尺寸，即规划电路板。规划电路板通常包括确定电路板的物理边界和电气边界，物理边界是在机械层上确定，包括参考孔位置、外部尺寸等，一般由公司或制造商提出具体要求，用户可不必规定。电气边界是用来约束元件布局和布线的，它是通过在禁止布线层上绘制边界来确定的，信号层上的所有对象和走线都被限定在电气边界内。

现给出印制电路板尺寸：宽×高＝3000mil×2400mil。电气边界规划具体步骤如下：

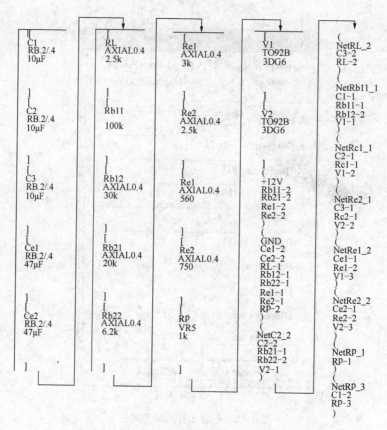

```
[                  [                  [                  [                  (
C1                 RL                 Re1                V1                 NetRL_2
RB.2/.4            AXIAL0.4           AXIAL0.4           TO92B              C3-2
10μF               2.5k               3k                 3DG6               RL-2
                                                                            )
]                  ]                  ]                  ]                  (
[                  [                  [                  [                  NetRb11_1
C2                 Rb11               Re2                V2                 C1-1
RB.2/.4            100k               AXIAL0.4           TO92B              Rb11-1
10μF                                  2.5k               3DG6               Rb12-2
                                                                            V1-1
                                                                            )
]                  ]                  ]                  ]                  (
[                  [                  [                  (                  NetRc1_1
C3                 Rb12               Re1                +12V               C2-1
RB.2/.4            AXIAL0.4           AXIAL0.4           Rb11-2             Rc1-1
10μF               30k                560                Rb21-2             V1-2
                                                         Re1-2              )
                                                         Re2-2              (
]                  ]                  ]                  )                  NetRe2_1
[                  [                  [                  (                  C3-1
Ce1                Rb21               Re2                GND                Rc2-1
RB.2/.4            AXIAL0.4           AXIAL0.4           Ce1-2              V2-2
47μF               20k                750                Ce2-2              )
                                                         RL-1               (
                                                         Rb12-1             NetRe1_2
                                                         Rb22-1             Ce1-1
                                                         Re1-1              Re1-2
]                  ]                  ]                  Re2-1              V1-3
[                  [                  [                  RP-2               )
Ce2                Rb22               RP                 )                  (
RB.2/.4            AXIAL0.4           VR5                (                  NetRe2_2
47μF               6.2k               1k                 NetC2_2            Ce2-1
                                                         C2-2               Re2-2
                                                         Rb21-1             V2-3
                                                         Rb22-1             )
]                  ]                  ]                  V2-1               (
                                                         )                  NetRP_1
                                                                            RP-1
                                                                            )
                                                                            (
                                                                            NetRP_3
                                                                            C1-2
                                                                            RP-3
```

图 6-3　网络表 RC 阻容两级放大电路 . NET

（1）首先将当前工作层切换至“Keep Out Layer”，如图 6-4 所示。

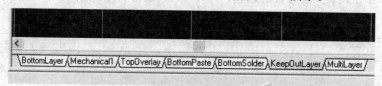

图 6-4　将当前层设置为禁止布线层

（2）启动画边界工具，单击工具栏上的 ≋ 图标按钮或执行【Place】/【Track】命令。

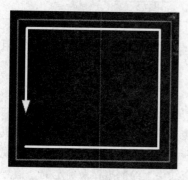

图 6-5　电气边界的绘制

（3）光标变为十字形状，移动鼠标到合适位置单击鼠标左键确定边界起始位置，在水平方向平行拖动鼠标，到目标位置单击鼠标左键，即完成了第一条边界的绘制，然后沿垂直方向继续画第二条边界，如图 6-5 所示。最终绘制出一个封闭的矩形电气边界，单击鼠标右键退出命令状态。

小技巧：

上述方法绘制的矩形很可能在直角顶点处的两直角边不能很好重合或出现不规则连接，这时需要双击线段进行坐标调整，调整较为麻烦。现用不同的方法可以精确地绘制出封闭的矩形。

（1）单击工具栏上的 ≋ 图标按钮或执行【Place】/【Track】命令，使光标处于十字命令状态。

（2）单击快捷键 J、L，弹出如图 6 - 6 所示的光标跳转对话框，在编辑框输入坐标数值（3000mil，3000mil），作为矩形的左下角顶点，连续按下回车键 3 次。

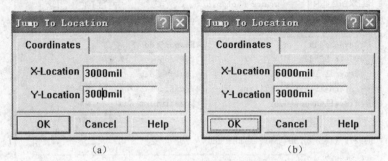

图 6 - 6　编辑边界坐标对话框

（a）边界的起点坐标；（b）边界的终点坐标

（3）单击 J、L 键，系统又弹出坐标编辑对话框，输入坐标（6000mil，3000mil），即长度为 3000mil，连续按下回车键 3 次。绘制了一条水平边界。

（4）再次单击 J、L 键，系统又弹出坐标编辑对话框，输入坐标（6000mil，5400mil），即高度为 2400mil，连续按下回车键 3 次。绘制了一条垂直边界。

（5）按照上述方法，依次绘制矩形的另两条边界。

6.1.3　导入网络表和元件封装库

1. 装入元件封装库

在 PCB 编辑器界面，通过下列任一操作方法均可加载元件封装库。

（1）执行【design】/【Add/Remove Library】菜单命令。

（2）在左边 PCB 浏览器窗口中，单击"Browse"下拉列表框，选择"Library"项，然后单击【Add/Remove …】按钮。

（3）单击主工具栏上的 图标。

在执行了上述三种操作方法的任一种后，系统自动弹出添加/删除元件封装库的对话框，如图 6 - 7 所示，在对话框找到系统自带的元件封装库。如果对话框中没有列出元件封装库供用户选择，则用户可通过对话框中的查找范围找到"C：\ Program Files \ Design Explorer 99 SE \ Library \ PCB"目录，该目录中有三个文件夹，包含了各种元件封装库文件。找出原理图中所有元件对应的元件封装库，本例中选择" Generic Footprints"文件夹中的"Advpcb. ddb"与"Mixcellaneous. ddb"两个库。

双击库文件或先选中库文件再单击【Add】按钮，将所需的元件封装库添加到对话框下方的"Selected Files"区域。最后单击【OK】按钮，即可完成元件封装库的载入。

2. 导入网络表和元件

网络表与元件的导入过程实际上就是将原理图设计的数据导入到印制电路板设计系统的过程。具体步骤如下：

（1）在 PCB 编辑器中执行【Design】/【Load Net …】菜单命令，系统弹出如图 6 - 8 所示的导入网络表对话框。

（2）单击对话框中的【Browse …】按钮，进入如图 6 - 9 所示的选择网络表文件的对话框。单击"Documents"文件夹前的"＋"号，展开当前 PCB 文件所在的设计数据库文件中的所有文本文件，选择"RC 阻容两级放大电路 . NET"网络表文件。

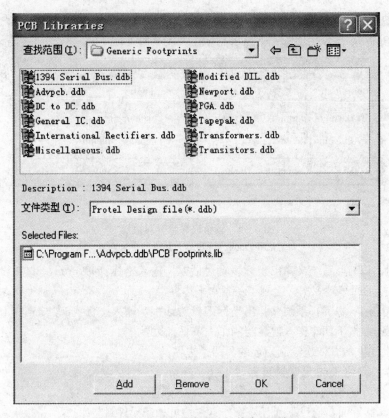

图 6-7 添加/删除元件封装库对话框

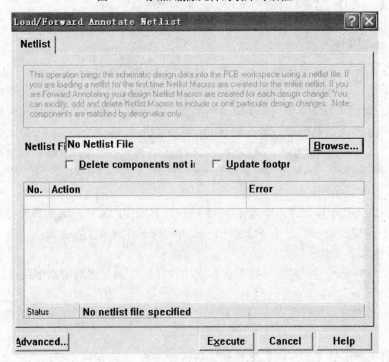

图 6-8 选择网络表文件对话框

（3）单击【OK】按钮，返回到图 6-8 所示的对话框，此时程序自动生成相应的网络宏，如

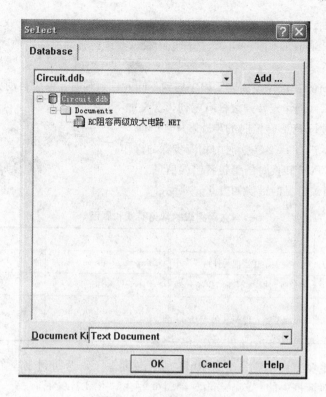

图 6-9 选择网络表文件

果导入正确，则在 Status 栏中显示"All macros validated"信息，如果导入网络表时有错误，将在对话框中 Status 栏中显示错误的个数，需要返回查找原因并进行修改，如图 6-10 所示的导入网络表有 11 个错误。

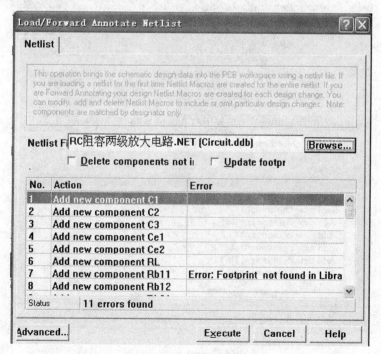

图 6-10 自动检查导入网络表错误

对话框中有两个选项，含义如下：

1）Delete components not in netlist：选择该项表示系统将自动删除当前网络表中没有连线的元件。

2）Update footprint：选择该项表示程序遇到不同元件封装时，系统自动更新元件封装。

"Netlist Macros"（网络宏）列表框有三列，含义如下：

1）No.：表示进行 PCB 转换时的步骤顺序。

2）Action：表示进行 PCB 转换时的相应步骤的操作。

3）Error：显示 PCB 转换时的警告各错误信息。

在生成网络宏时最常见的错误如表 6-2 所示。

表 6-2　　　　　　　　　　导入网络表的常见错误和原因

错　误　信　息	原　　因	错　误　信　息	原　　因
Footprint not found library	元件封装不在当前元件封装库中	Component already exist	元件已经存在
Component not found	网络连接时找不到相应的元件	Net not found	找不到网络标识
Node not found	找不到元件封装的焊盘	Alternative footprint used instead	系统引用了替代封装

本例中的错误主要有两个：一个是 Rb11 的封装漏写了，返回到原理图中，双击 Rb11 电阻，在弹出的属性对话框中的 "Footprint" 编辑框写入 "AXIAL0.4"；另一个是三极管的封装 "TO92B" 在当前的两个库中没有找到。只有 "TO-92B"，将其修改即可。修改后必须重新创建网络表，然后再重复（1）、（2）、（3）步骤，这次结果如图 6-11 所示，网络表导入完全正确。

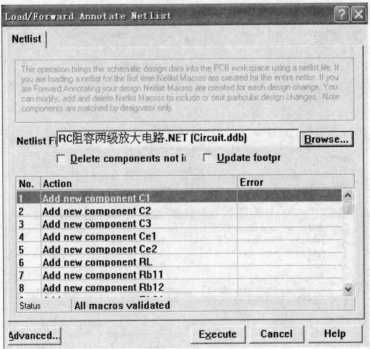

图 6-11　正确导入网络表

（4）单击【Excute 执行】按钮，系统将自动导入网络表和元件。结果如图 6-12 所示。

6.1.4 元件布局

1. 设置自动布局规则

进行元件布局前还必须设置自动布局的规则，当然也可采取系统默认的自动布局规则进行布局。为了使布局符合用户自己的要求，有必要在自动布局之前设置一些布局规则。

执行【Design】/【Rules】菜单命令，系统弹出印制电路板设计规则对话框，选择"Placement"标签，可以进行设置元件自动布局的规则设置，如图 6-13 所示。

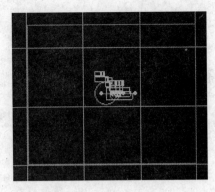

图 6-12　装入网络表和元件后的板图

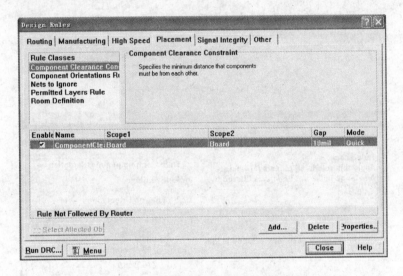

图 6-13　元件自动布局规则设置对话框

Place 标签用于设置与元件自动布局相关的一些设计规则，在 Rule Classes 区域有 5 项相关的设计规则，现分别予以介绍。

（1）Component Clearance Constraint 选项。设置元件间距限制规则。该选项用于设定元件之间的最小间距。单击【Properties ...】按钮，弹出如图 6-14 所示的元件最小间距设置对话框。"Edit Rule"标签中各项意义如下：

1）Rule scope：表示设置规则应用的范围，有 Whole Board、Footprint、Component Class、Component 四种选项。

2）Rule Name：设置规则的名称，此处是元件安全距离。

3）Gap：设置元件间最小间距，用户可以在编辑框中进行编辑，默认设置是"10mil"。

4）Check Mode：设定检测时采用的模式。有 Quick Check、Multi Layer Check、Full Check 三种模式。

（2）Component Orientations Rule 选项。设置元件布置方向规则。该选项用于设置 PCB 板元件放置方向的规则。在图 6-13 中的"Rule Classes"区域选中"Component Orientations Rule"选项，然后单击【Properties ...】按钮，弹出如图 6-15 所示的元件布置方向设置对话框。对话框中元件的布置角度有 0°、90°、180°、270°、All Orientations（任意角度）5 种。

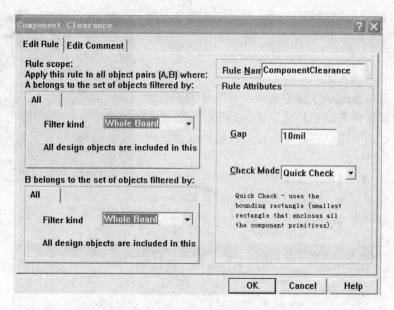

图 6-14　元件间距设置对话框

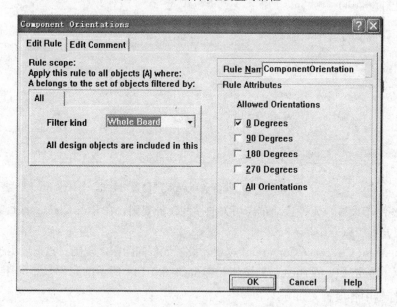

图 6-15　元件布置方向设置对话框

（3）Nets to Ignore 选项。设置网络忽略规则。该选项用于设置在 Cluster placer 元件自动布局时需要忽略布局的网络，这样可以加快自动布局的速度。在图 6-13 中的"Rule Classes"区域选中"Nets to Ignore"选项，然后单击【Properties ...】按钮，弹出如图 6-16 所示的网络忽略规则设置对话框。在 Filter kind 下拉列表框中有两种选择，含义如下：

1）Net Class：选择所需要的网络类。

2）Net：选择该项后，相应的下面会出现 Net 列表框，从中可以选择所要忽略布局的网络名。

（4）Permitted Layers Rule 选项。设置允许元件放置层规则。该选项用于设置允许元件放置的层。在图 6-13 中的"Rule Classes"区域选中"Permitted Layers Rule"选项，然后单击

【Properties ...】按钮，弹出如图 6 - 17 所示的允许元件放置层规则设置对话框。用户可以选择元件是放置在"Top Layer"还是放置在"Bottom Layer"，系统默认设置是两层上都可以放置元件。

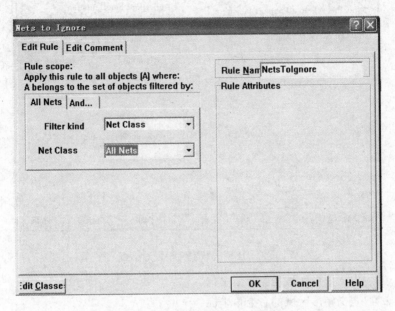

图 6 - 16　网络忽略规则设置对话框

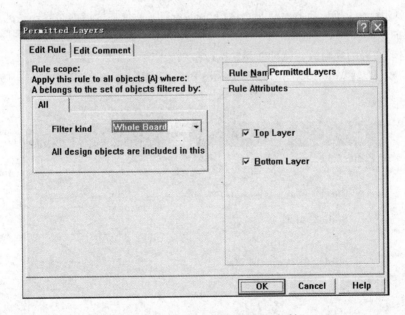

图 6 - 17　允许元件放置层设置对话框

(5) Room Definition 选项。设置区域定义规则。该选项用于设置在 PCB 板上元件布局方面的区域。在图 6 - 13 中的"Rule Classes"区域选中"Room Definition"选项，然后单击【Properties ...】按钮，弹出如图 6 - 18 所示的区域定义设置对话框。各项具体意义如下：

1）Room Locked：选择该复选框表示锁定区域内的所有元件，以防止在自动或手动布局时移动该区域内的元件。

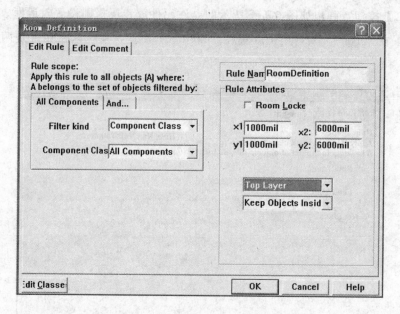

图 6-18 区域定义设置对话框

2）（x1，y1）：定义矩形区域的左下角坐标。

3）（x2，y2）：定义矩形区域的右上角坐标。

4）Top Layer 与 Bottom Layer：定义矩形区域所在的层。

5）Keep Objects Inside 与 Keep Objects Outside：定义元件在区域内布局还是区域外布局。

2. 自动布局

设置完自动布局的规则后，就可以开始执行布局操作了。

执行【Tools】/【Auto Placement】/【Auto Placer】菜单命令，弹出如图 6-19 所示的自动布局对话框。

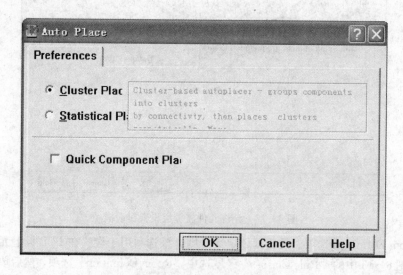

图 6-19 自动布局对话框

（1）Cluster Placer。分组式布局器，这种布局器根据元件的连接关系将元件分成组，然后按照几何关系放置元件组，这种算法适合于元件数目较少的情况。单击【OK】按钮，布局结果如

图 6-20 所示。

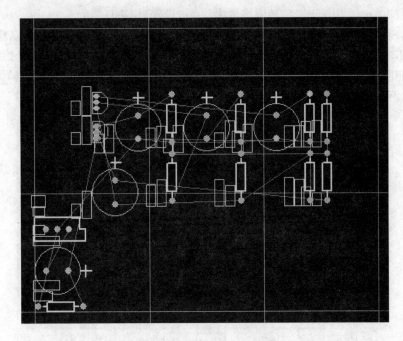

图 6-20　分组式布局结果

（2）Statistical Placer。统计式布局器，这种布局器采用统计学算法来布置元件，使元件之间的连线长度最短，这种方法适合元件较多的情况。选择该项，系统显示出隐藏的设置选项，如图 6-21 所示。

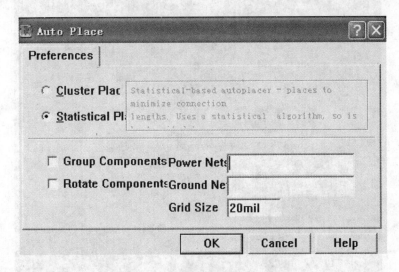

图 6-21　统计式布局设置对话框

1）Group Components：此项功能是将当前网络中彼此有紧密联系的元件归为一组。这样元件组内的元件统一进行布局调整，在整个布局系统中，该组被作为一个整体来考虑，系统默认选择此项。

2）Rotate Components：选中该项表示在进行布局时允许元件或元件组旋转。系统默认选择该项。

3）Power Nets：用于设置电源网络名称，一般设置为 VCC，也可以设置几个电源网络名称，在编辑框中用空格符隔开即可。

4）Ground Nets：用于设置接地网络名称，一般设置为 GND。

5）Grid Size：用于设置布局栅格的大小，每个元件的参考点之间的间距都是栅格大小的整数倍，栅格不能设置过大，否则自动布局时有些元件可能会被挤出 PCB 的边界外边。

本例按照图 6-22 所示进行设置，单击【OK】按钮确定，系统开始自动布局，编辑界面不断显示布局过程，如图 6-23 所示。

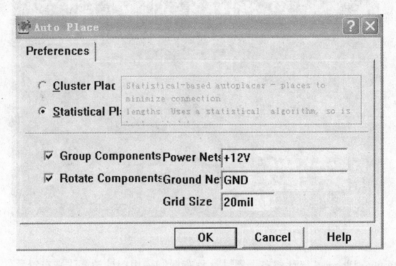

图 6-22　统计式布局设置

图 6-23　自动布局结束状态

自动布局结束后，会出现一个对话框提示自动布局结束，如图 6-24 所示。单击【OK】按钮，紧接着又弹出询问对话框，如图 6-25 所示，单击【Yes】按钮，系统更新电路板数据，布局结果如图 6-26 所示。

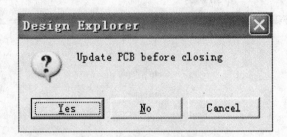

图6-24 自动布局结束提示　　　　　　　　图6-25 询问对话框

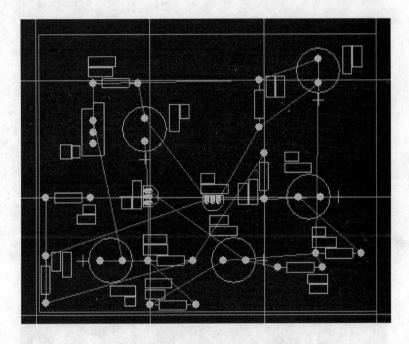

图6-26 统计式自动布局效果图

从图6-26中可以看出，自动布局效果并不理想，元件不再按种类排列在一起，元件的位置也不符合用户的要求，因此还需要对自动布局进行手工调整。

3. 手工布局

手工布局主要是对元件进行选择/取消、移动、旋转和对齐操作。下面在统计式自动布局的基础上进行手工调整。

（1）设置栅格间距和光标移动单位。执行【Design】/【Options】菜单命令，在出现的对话框中选择"Options"标签，各项设置如图6-27所示。

（2）设置推挤深度。推挤就是将挤在一起的元件推开。执行【Tools】/【Align Components】/【set Shove Depth】菜单命令，弹出如图6-28所示对话框，编辑框里的数值默认为0，根据情况将推挤元件数目设置为3，单击【OK】按钮确定。

（3）推挤。执行【Tools】/【Align Components】/【Shove】菜单命令，光标变为十字形状，移动光标到重叠的元件处单击鼠标左键，本例中元件已经散开，可以不必推挤。

（4）调整元件位置。进行选中、移动、旋转操作可以调整元件位置和方向，得到如图6-29所示的元件布局图。

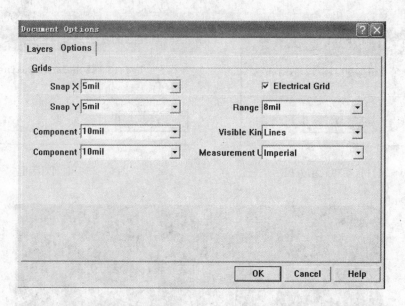

图 6-27　栅格间距和光标移动单位设置

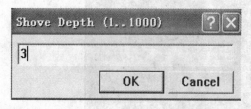

图 6-28　推挤深度设置

（5）对齐。在布局过程中使同类元件的位置保持整齐、间距疏密有致是非常必要的。

先选取需要对齐的元件，再执行【Tools】/【Align Components】/【Align】命令，弹出对齐元件对话框。可以设置元件的水平方向和垂直方向的选项，该对话框的含义在原理图设计章节中已详细讲过，这里不再赘述。元件布局最终效果如图 6-30 所示。

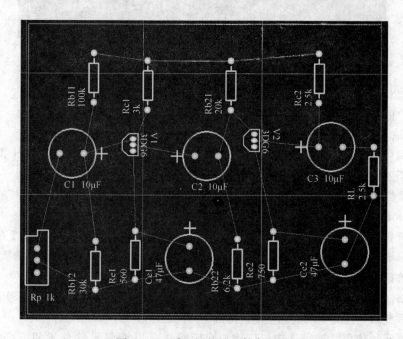

图 6-29　手工调整的元件布局图

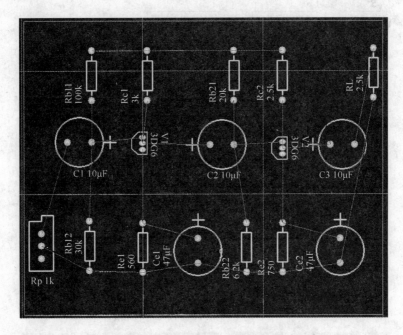

图 6-30 最终的元件布局图

6.1.5 元件布线

印制电路板结束后，就进入电路板的布线过程。一般来说，对电路板布线有三种方法：自动布线、半自动布线和手工布线。对于较为简单、没有特殊要求的电路板可采用自动布线，略微复杂的电路板可采用半自动布线，线路非常复杂且对走线要求较高的电路需采用手工布线。在实际的电路板设计中，自动布线与手工布线相互结合是比较常用的。

1. 设置自动布线规则

不管是自动布线还是手工布线，在布线之前都需要对电路板的布线规则进行设置。Protel 99 SE 提供了强大的自动布线器，通过设置合理的布线规则，可以提高布线的质量和布线的成功率。

执行【Design】/【Rules...】菜单命令，系统弹出如图 6-31 所示的布线设计规则对话框。该对话框共有 6 个选项卡，本节主要介绍第一个布线规则选项卡，在"Rule Classes"规则类列表框中有 10 个关于布线的设计规则，现一一予以介绍。

（1）Clearance Constraint。安全间距设置规则，该规则表示在保证电路正常工作情况下，导线与其他对象之间的最小距离。在对话框的下边显示了各个设计规则中包含的条目和该条目的名称、适用范围和该条目的属性参数。单击【Add】按钮，添加新规则；单击【Delete】按钮，删除新规则；单击【Properties...】按钮，编辑该规则的属性。在图 6-31 中，将光标移动到"Clearance Constraint"选项，然后单击【Properties...】按钮，弹出如图 6-32 所示的走线安全间距设置对话框。在对话框右边为设置安全间距规则的名称（一般不用修改）和设置安全间距大小的编辑框。通常情况下安全间距越大越好，但是太大的安全间距造成电路不够紧凑，同时也意味着制造成本提高。一般情况下，安全间距在 10～20mil 之间，本例采取系统的默认设置 10mil。

在该对话框左边，有两个选项框，它们都是用于设置"Rule scope"（规则范围）。"Filter kind"下拉列表框用于选择安全间距设置所适用的范围。总共有 15 个条目，如图 6-33 所示，各项意义如下：

1）Whole Board：选择该项，表示当前设计规则适用于整个电路板。

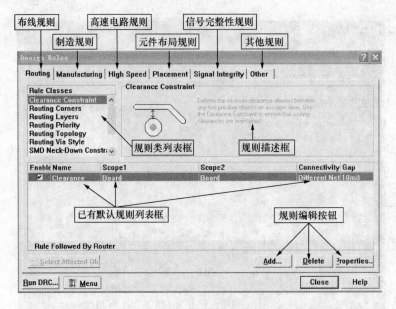

图 6-31　布线设计规则设置对话框

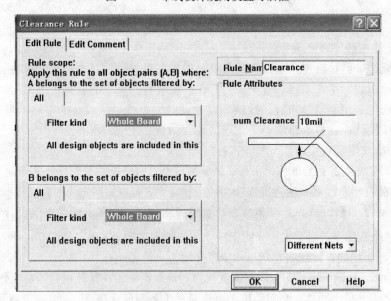

图 6-32　安全间距设置规则

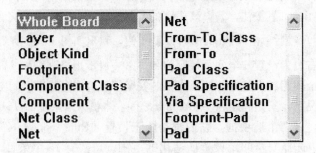

图 6-33　安全间距设置适用范围选择

2）Layer：选择该项，表示当前设计规则适用于某一个图层，系统会要求在其下方的 Layer

列表框中选择相应的图层。

3）Object Kind：选择该项，表示当前的设计规则适用于某种对象，系统会要求在其下方的复选框选择相应的对象类型。

4）Footprint：选择该项，表示当前设计规则适用于某一种元件封装形式，系统会要求在其下方的 Footprint 列表框中选择当前 PCB 中所包含的元件封装形式。

5）Component：选择该项，表示当前设计规则适用于某一个元件，系统会要求在其下方的 Component 列表框中选择当前 PCB 中所包含的元件。

6）Net：选择该项，表示当前设计规则适用于某一个网络，系统会要求在其下方的 Net 列表框中选择当前 PCB 中所包含的网络。

7）From‐To：选择该项，表示当前设计规则适用于某一飞线，系统会要求在其下方的 From‐to 列表框中选择当前 PCB 中所包含的飞线。

8）Footprint‐Pad：选择该项，表示当前设计规则适用于某一封装形式的焊盘，系统会要求在其下方的 Footprint 列表框中选择当前 PCB 中所包含的封装形式，在其下方的 Pad 列表框中选择该封装形式的相应焊盘。使用这种封装形式的所有元件的该焊盘都适用于该规则。

9）Pad：选择该项，表示当前设计规则适用于某一焊盘，系统会要求在其下方的 Pad 列表框中选择当前 PCB 中所包含的哪一个元件的哪一个焊盘。

10）Pad Specification：选择该项，表示当前的设计规则适用于某一种类的焊盘，这类焊盘具有相同的尺寸参数。

11）Via Specification：选择该项，表示当前的设计规则适用于某一种类的过孔，这类过孔具有相同的尺寸参数。

12）Component Class：在 Filter kind 列表框中有 4 个类选项还未作介绍，分别是："Component Class"（元件类）、"From‐To Class"（飞线类）、"Net Class"（网络类）、"Pad Class"（焊盘类）。对象类一般先定义，然后才能适用设计规则。现以 "Component Class"（元件类）为例来加以说明。选择该项，表示可以将多个元件归为一类，而不必一个一个定义元件。此时对话框左下角多了一个【Edit Classes】按钮，如图6‐34所示。

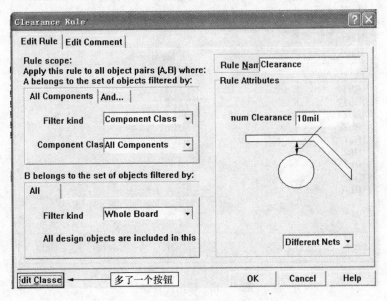

图 6‐34　选择元件类对话框

　　单击【Edit Classes】按钮，系统弹出如图 6-35 所示的对话框，对话框中有 4 个选项卡，分别对应于 4 种对象类，这里以元件类为例，选择"component"选项卡，系统默认元件类为所有元件。

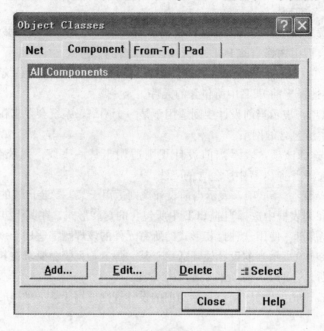

图 6-35　编辑对象类

　　单击【Add】按钮，系统弹出编辑元件类对话框，首选在 Name 编辑框确定新建元件类的名称，本例默认类名称为"NewClass"，然后通过 > 按钮将左边"Non-Members"列表框中选中的元件添加到右边"Members"列表框为 NewClass 的类成员，图 6-36 所示为将本例中的所有电容归为"NewClass"元件类。

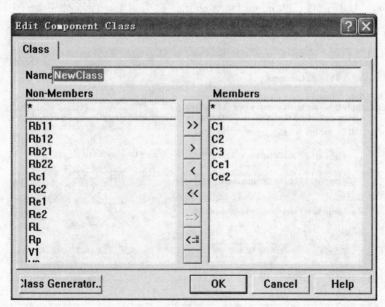

图 6-36　编辑元件类

　　单击【OK】按钮确定，可以看到元件类对话框中新增了一个元件类"NewClass"，如图

6-37所示。单击【Close】按钮，返回到图6-34所示的元件类选择对话框，这时可以将安全间距设置规则应用于刚刚新建的元件类。

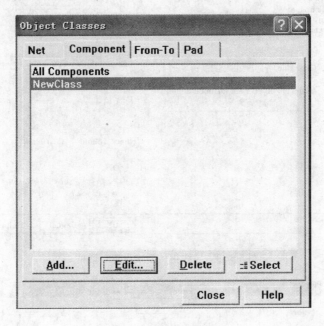

图6-37　新建的元件类

（2）Routing Corners。导线拐角设置规则，该规则用于设置导线的拐角模式，本设置只在自动布线时起作用，手工布线不受该规则的约束。在"Rule Classes"列表框中选择"Routing Corners"，弹出如图6-38所示的导线拐角模式选择对话框。

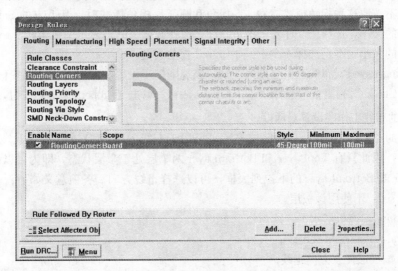

图6-38　导线拐角模式选择对话框

单击【Properties ...】按钮，系统弹出如图6-39所示的导线拐角模式设置对话框。

对话框中"Rule Attributes"区域中的"Style"列表框提供了三种拐角模式：90°拐角、45°拐角及圆弧形拐角，如图6-40所示。

通常情况下，由于90°拐角容易出现应力集中的现象，在受到力或热的影响下容易断裂和脱

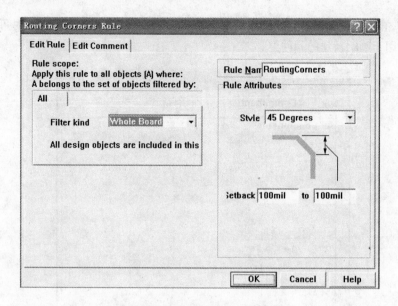

图 6-39 导线拐角模式设置对话框

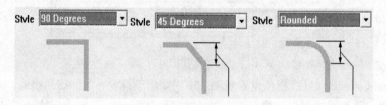

图 6-40 导线的三种拐角模式

落，所以一般不选取这种拐角模式。在 45° 拐角和圆弧形拐角模式时，其下方的 Setback 编辑框用于设置拐角的大小，选择 45° 时表示拐角高度，选择圆弧形时，表示圆弧半径。to 编辑框用于设置最小拐角的大小。本例选择 45° 拐角和 100mil 拐角高度。

（3）Routing Layers。布线工作层设置规则，该规则用于设置在布线过程中哪些信号层可以使用。在 "Rule Classes" 列表框中选择 "Rounting Layers"，单击【Properties ...】按钮，系统弹出如图 6-41 所示的布线工作层设置对话框。

在对话框的 "Rule Attributes" 区域显示了可用于布线的层有 32 个，因为系统默认当前的 PCB 为双层板，因此只有 TopLayer 和 BottomLayer 两个层处于激活状态，即为可以布线的两层，单击 TopLayer 或 BottomLayer 的下拉列表框，可以选择走线方向。各项意义如下：

1）Not Used：不使用该板层。

2）Horizontal：该板层水平走线。

3）Vertical：该板层垂直走线。

4）Any：该板层任意方向走线。

5）1 O′Clock：该板层采用一点钟方向走线，即 30° 方向走线。

6）2 O′Clock：该板层采用二点钟方向走线，即 60° 方向走线。

7）3 O′Clock：该板层采用三点钟方向走线，即 90° 方向走线。

8）4 O′Clock：该板层采用四点钟方向走线，即 120° 方向走线。

9）5 O′Clock：该板层采用五点钟方向走线，即 150° 方向走线。

10）45 Up：该板层采用向上 45° 方向走线。

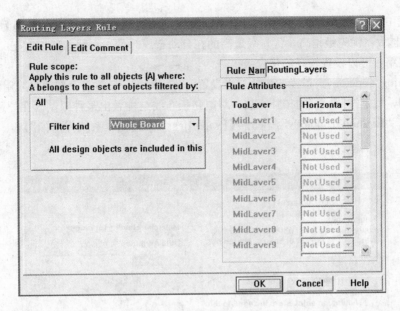

图 6-41　布线工作层设置对话框

11）45　Down：该板层采用向下 45° 方向走线。

12）Fan Out：该板层以扇出方向走线。

一般对于双层板来说，顶层与底层一定要采取不同的走线方式，如顶层采用 Horizontal（水平）走线方式，底层采用 Vertical（垂直）走线方式，这样可以减少 PCB 板中两层之间的串扰和互感。在本例中，采取的是单层板，所以 TopLayer 设置为 "Not Used"，即不走线，BottomLayer 设置为 "Any"，即走线方向是任意的，单击【OK】按钮确定。

（4）Routing Priority。布线优先级设置规则，该规则用于设置自动布线时的优先级。在 "Rule Classes" 列表框中选择 "Routing Priority"，单击【Properties …】按钮，系统弹出如图 6-42 所示的自动布线优先级设置对话框。

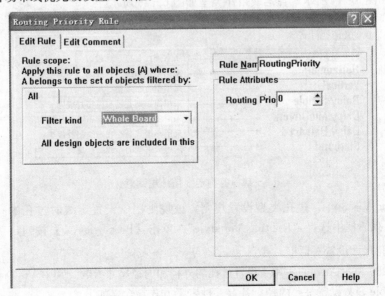

图 6-42　布线优先级规则设置对话框

　　该对话框中的 Rule Attributes 用于设置布线规则的优先级顺序,优先级范围为 0～100,共
101 级,数值越大,优先级越高,优先级最高的在自动布线时最先布线,所以对于一些需要走线
尽可能短的网络,可以设置较高的优先级。

　　(5) Routing Topology。布线的拓扑规则设置,该规则用于设置自动布线时采用的拓扑规则。
所谓拓扑规则,就是按照一定的拓扑算法,对电路板布线结构做出某种限制。在 "Rule Classes"
列表框中选择 "Routing Topology",单击【Properties ...】按钮,系统弹出如图 6-43 所示的走
线拓扑规则设置对话框。

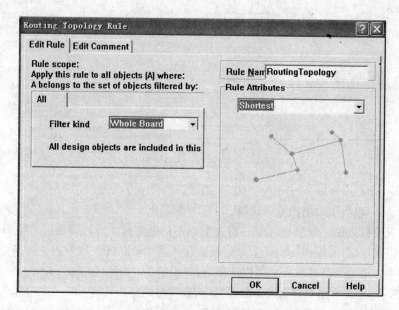

图 6-43　走线拓扑规则设置对话框

　　该对话框中的 Rule Attributes 用于设置布线规则的走线拓扑规则,下拉列表框中有七个选
项,各项意义如图 6-44 所示。各走线拓扑类型如图 6-45 所示。

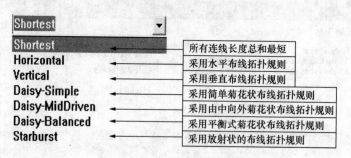

图 6-44　各种走线拓扑规则意义

　　(6) Routing Via Style。过孔类型设置规则,该规则用于设置走线时过孔的有关尺寸。在
"Rule Classes" 列表框中选择 "Routing Via style",单击【Properties ...】按钮,系统弹出如图
6-46所示的过孔尺寸设置对话框。

　　该对话框中的 Rule Attributes 用于设置过孔的外径和内径尺寸参数。其中 Via Diameter 设置过
孔外径,Via Hole Size 设置过孔内径。各有三种定义方式,含义如下:

　　1) Min:设置最小尺寸。

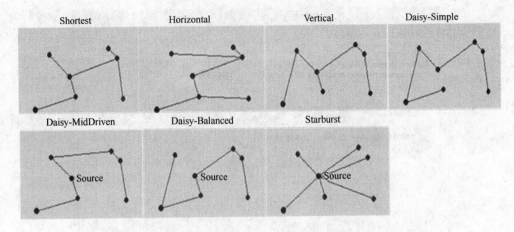

图 6-45　各种走线拓扑类型

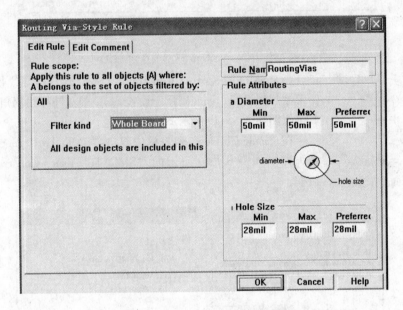

图 6-46　过孔类型规则设置对话框

2）Max：设置最大尺寸。

3）Preferred：设置首选尺寸。其范围应在 Min 和 Max 的值之间。

（7）SMD Neck-Down Constraint。导线宽度与 SMD（表面贴装元件）焊盘宽度比值规则设置，该规则用于设置导线宽度与 SMD 焊盘底座宽度的最大比值限制。其含义如图 6-47 所示，该参数是以百分比形式表示的。

在 "Rule Classes" 列表框中双击 "SMD Neck-Down Constraint"，系统弹出如图 6-48 所示的 "SMD Neck-Down Constraint" 设置对话框。在 Rule Attributes 区域的 "Neck-Down" 编辑框中，可以设置 "Track Width" 和 "Pad Width"

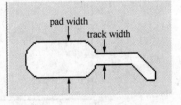

图 6-47　导线宽度与 SMD 焊盘底座宽度示意图

的比值，这个比值是以百分比形式输入的，它表示导线宽度与 SMD 焊盘底座宽度的最大比值不能超过设定的值。

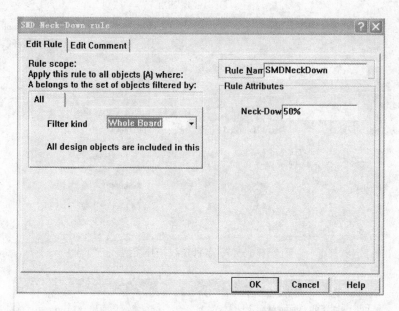

图 6 - 48   SMD Neck - Down Constraint 设置对话框

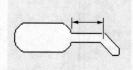

图 6 - 49   SMD 焊盘与
导线拐角间距示意图

（8）SMD To Corner Constraint。SMD 焊盘与导线拐角的最小间距限制规则设置，该规则用于设置 SMD 焊盘与导线拐角的最小距离，其示意图如图 6 - 49 所示。

在 "Rule Classes" 列表框中双击 "SMD To Corner Constraint"，系统弹出如图 6 - 50 所示的 "SMD To Corner Constraint" 设置对话框。

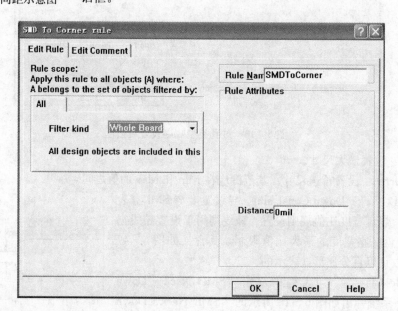

图 6 - 50   SMD 焊盘与导线拐角的最小间距设置对话框

通常来说，走线时引入拐角会导致电信号的反射，引起信号间的串扰，因此需要限制从焊盘引出电信号与拐角间的距离。用户可以在 Rule Attributes 区域的 "Distance" 编辑框中进行设置，默认的间距为 0mil。

（9）SMD To Plane Constraint。SMD 焊盘与电源层过孔最小间距限制规则设置，该规则用于设置 SMD 焊盘到电源层过孔之间的最短布线长度。在"Rule Classes"列表框中双击"SMD To Plane Constraint"，系统弹出如图 6 - 51 所示的"SMD To Plane Constraint"设置对话框。

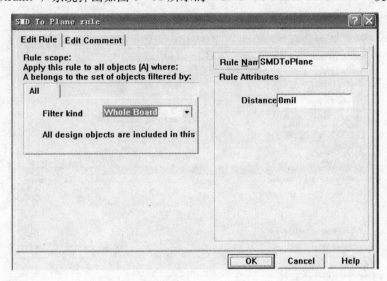

图 6 - 51　SMD 焊盘与电源层过孔最小间距设置对话框

（10）Width Constraint。走线宽度规则设置，该规则用于设置布线时导线宽度的最大值与最小值。在"Rule Classes"列表框中选择"Width Constraint"，单击【Properties …】按钮，系统弹出如图 6 - 52 所示的走线宽度设置对话框。

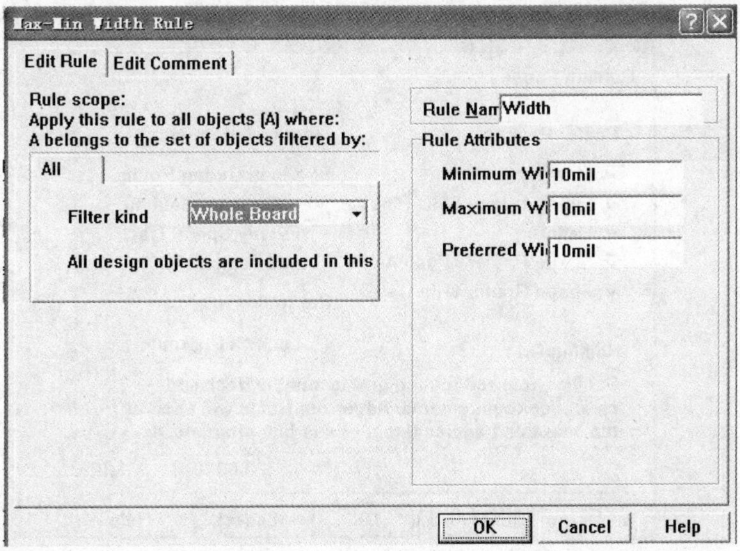

图 6 - 52　导线布线宽度属性设置对话框

该对话框中 Rule Attributes 区域，可分别设置铜膜走线宽度的"Minimum Width"（最小值）、"Maximum Width"（最大值）、"Preferred Width"（首选值）。最小值与最大值用于在线电气测试（DRC）过程，以检查导线宽度是否符合设计规则。而首选值用于手工和自动布线过程，是实际布线的宽度。

　　用户可以通过【Add】按钮添加布线宽度规则。本例中将信号线宽度设置为：Minimum Width＝20mil、Maximum Width＝20mil、Preferred Width＝20mil。电源＋12V 和 GND 网络的宽度设置为：Minimum Width＝30mil、Maximum Width＝50mil、Preferred Width＝50mil。结果如图 6-53 所示。

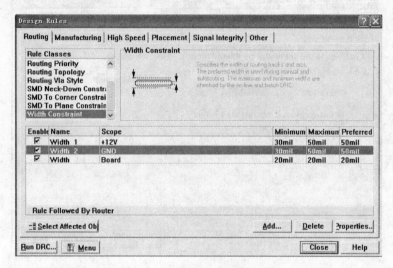

图 6-53　导线宽度设置规则

2. 自动布线

布线规则设置好后，就可以开始自动布线了。

执行【Auto Route】/【All】菜单命令，系统弹出图 6-54 所示的自动布线设置对话框。

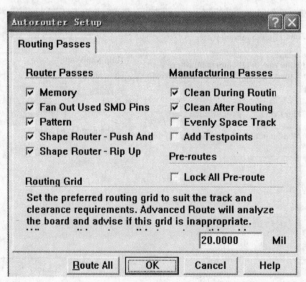

图 6-54　自动布线设置对话框

对话框的各项含义如下：

（1）Router Passes 区域。

1）Memory：此项表示如果电路中存在存储器元件，则在布线过程中这些元件的放置位置与定位方式，对存储器的走线方式进行最佳评估，对存储器的数据线与地址线，采用平行走线方式。这种布线方式采用启发式和探索式布线算法。

2）Fan Out Used SMD Pins：本项是针对 SMD 元件的扇出布线程序，当 SMD 元件跨越不同工作层时，程序将自动从焊点引出一小段导线，然后通过过孔与其他工作层连接。对于电路板上扇出失败的地方，将以一个内含小"×"的黄色圆圈指示。此方式也是采用启发式和探索式布线算法。

3）Pattern：表示采用拓扑结构算法进行布线。

4）Shape Router – Push And Shove：此项表示布线过程中采用推挤操作，以避开不在同一网络中的焊盘和过孔。

5）Shape Router – Rip Up：当电路板上存在着走线间距冲突时，图面上将以绿色的小圆圈指示。选择该项可以重新布线以消除间距冲突。

（2）Manufacturing Passes 区域。

1）Clean During Routing：表示布线期间对电路板进行清理。

2）Clean After Routing：表示布线过后对电路板进行清理。

3）Evenly Space Tracks：表示当导线穿过集成电路芯片相邻两个焊盘之间时，使导线均匀分布两焊盘中间。

4）Add Testpoints：表示在电路板上增加测试点。

（3）Pre – routes 区域。本区域只有一个复选框"Lock All Pre – routes"，选择该项表示保护所有的预先布好的线，防止修改或重新布线将其改变。

（4）Routing Grid 栏。用于设定布线栅格大小。本例采取默认设置，单击【Route All】按钮，程序就开始对电路板进行全局自动布线了。此时系统弹出一个对话框（此对话框有时是没有的），对话框说明导线与焊盘间的安全距离与栅格的值不匹配，建议栅格的值在 20～50mil 之间改变，如图 6 – 55 所示。单击【是（Y）】按键确定。

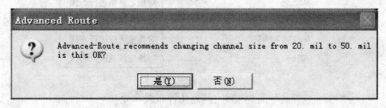

图 6 – 55　栅格值自动更改确认对话框

接着系统又弹出自动布线消息框，如图 6 – 56 所示。消息说明电路导线布线率为 100%，共 26 条走线，没有布线的走线 0 条，布线用时仅 1s，单击【OK】按钮确定。自动布线结果如图 6 – 57 所示。

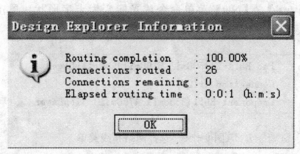

图 6 – 56　布线消息对话框

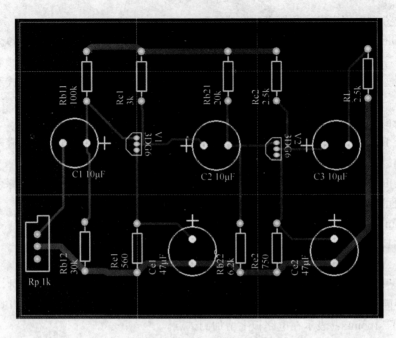

图 6 - 57　自动布线后的 PCB 图

3. 半自动布线

在 "Auto Route 自动布线" 菜单下还有几种半自动布线命令，如图 6 - 58 所示。

All...	→	对所有元件进行布线
Net	→	对指定网络进行布线
Connection	→	对指定连线进行布线
Component	→	对指定元件进行布线
Area	→	对指定区域进行布线

图 6 - 58　其他几种布线命令

在实际应用中，完全的自动布线产生的结果往往不能满足用户的要求，此时，用户可以通过半自动布线来实现布线要求。假设在本例中，我们对线路板的布线次序是：所有网络为＋12V 和 GND 的管脚→元件 C1 和 U1→元件 C2 和 U2 所在的区域→其他线路。那么半自动布线的步骤是：

（1）执行【Auto route】/【Net】菜单命令，光标变为十字形状，单击 Rb11 的第 2 脚，弹出如图 6 - 59 所示的菜单。

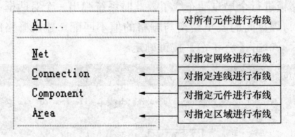

```
Pad Rb11-2(3580mil,5160mil)  MultiLayer
Connection (+12V)
Component Rb11(3580mil,4760mil)  TopLayer
```

图 6 - 59　选择网络布线菜单

（2）选择 "Connection（＋12V）" 项，开始对＋12V 网络进行自动布线。按照同样的操作对 GND 网络进行自动布线，然后单击鼠标右键退出对指定的网络布线命令状态，结果如图 6 - 60 所示。

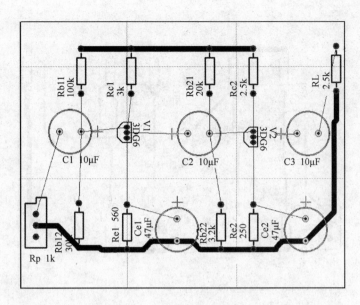

图 6-60　网络布线结果

（3）执行【Auto route】/【Component】菜单命令，光标变为十字形状，单击元件 C1 和 U1，开始对两个元件自动布线，然后单击鼠标右键退出对指定元件布线的命令状态，结果如图 6-61所示。

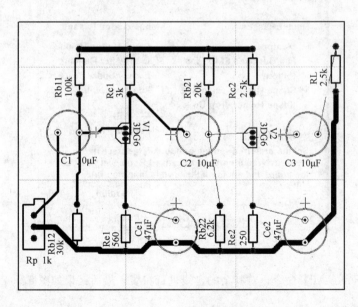

图 6-61　元件布线结果

（4）执行【Auto route】/【Area】菜单命令，光标变为十字形状，在 PCB 工作区 C2 和 U2 所在的位置拉出一个矩形区域，开始进行区域自动布线，然后单击鼠标右键退出对指定元件布线的命令状态，结果如图 6-62 所示。

（5）最后执行【Auto route】/【All】菜单命令，在弹出的对话框中选择 "Lock All Pre-route"复选框，对已经布好的线进行锁定，这样在进行其他导线布线时将不会改动已布的线，如图 6-63 所示。

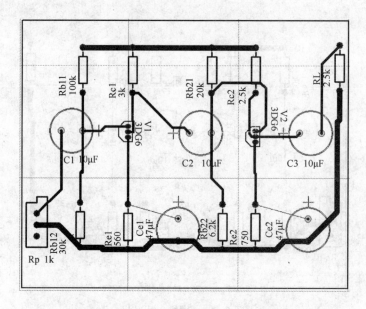

图 6 - 62　区域布线结果

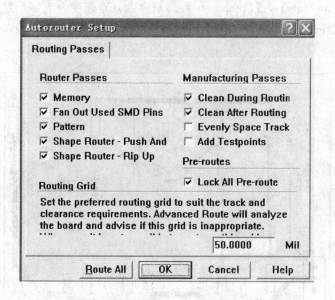

图 6 - 63　保护预布线

（6）单击【Route All】命令，对其余的走线进行布线，最后结果如图 6 - 64 所示。

4. 手工布线调整

自动布线完成以后，最终的 PCB 图不一定满足人们的设计要求，设计人员需要根据设计经验和电路的性能要求用手工方式进行反复修改与调整。

（1）删除布线。在手动调整布线时，往往要删除已经布好的连线，然后再重新手动绘制。如果单击选中导线后再按【Delete】键删除，工作量比较大，现介绍一种快速的布线删除方法。

执行【Tools】/【Un - Route】菜单命令，在弹出的下拉菜单选择相应命令可以快速地删除布线，如图 6 - 65 所示。

各菜单项意义如下：

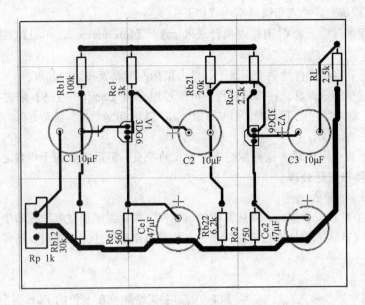

图 6 - 64　最终布线结果

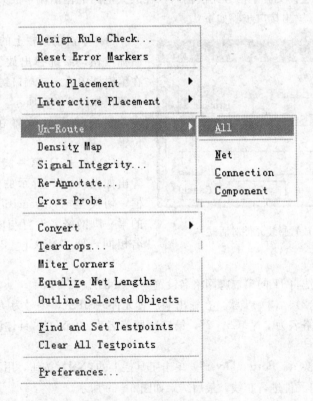

图 6 - 65　删除布线菜单

1）All：删除整个 PCB 板的布线。

2）Net：删除指定网络的布线。

3）Connection：删除指定连接的布线。

4）Component：删除指定元件的布线。

（2）手工布线调整。手工布线调整步骤如下：

1）单击布线工具栏上的 图标或执行【Place】/【Interactive Routing】菜单命令，光标变为十字形状。

2）移动鼠标到目标元件的一个焊盘上，单击鼠标左键放置布线的起点。

3）移动鼠标至终点焊盘，在移动过程中可通过组合键【Shift＋空格】来选择不同的布线模式。手动布线模式主要有以下 5 种：45°拐角、45°弧形拐角、90°拐角、90°弧形拐角、任意角度。

4）在移动过程中可以单击鼠标左键确定布线的控点，最后完成两个焊盘之间的布线。

6.1.6 元件布线后处理

1. 加宽电源/接地线

为了提高电路的抗干扰能力，增强系统的可靠性，往往需要加宽电源线和接地线的宽度。不过本例中这一步工作在布线规则设置时就做了，如果电路板设计完成之后，还需改变电源线与接地线宽度，可以手工进行调整。

2. 增加信号输入/输出接口

如果 PCB 图中缺少输入/输出信号接口，则需手工增加。在本例的 PCB 图上电容 C1 左边没有与任何元件相连，这样交流小信号无法输入，在放大电路的输出端，放大的信号经过电容 C2 无法输出。添加输入/输出接口步骤如下：

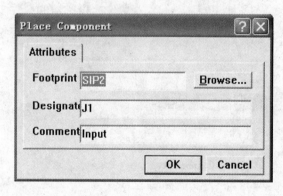

图 6 - 66　放置封装元件对话框

（1）单击工具栏上的 （放置封装元件）图标按钮，系统弹出放置封装元件对话框，在编辑框中输入二端口封装元件"SIP2"，具体编辑如图 6 - 66 所示。单击【OK】按钮确定，然后将元件放置在 PCB 图上合适的位置。

（2）双击 J1 第一脚所在的焊盘，系统弹出如图 6 - 67 所示的焊盘属性设置对话框，切换至"Advanced"选项卡中，将 J1 的第一脚网络名设置与电容 C1 的第二网络名相同，即"NetC1 _ 2"，单击【OK】按钮确定。

（3）用同样的方法将 J1 的第二脚网络名设置为"GND"。

（4）重复（1）、（2）、（3）步骤，在输出端放置元件"SIP2"，编号为"J2"，注释为"Output"。J2 的第一脚网络名为"NetC2 _ 2"，第二脚网络名为"GND"。具体设置完后如图 6 - 78 所示。

（5）将工作层切换至"BottomLayer"，单击工具栏上的 图标按钮，用手工布线的方式对刚放置的输入/输出接口元件进行布线，最后结果如图 6 - 69 所示。

6.1.7 调整布线

调整布线的步骤如下：

（1）拆除原有布线，执行【Tools 工具】→【Un - Route 撤销布线】→【Connection 连线】命令，光标变为十字形状，将光标移到需要拆除的导线上，单击鼠标左键，即可将原有布线拆除。

（2）按照手工布线的方式重新布线。

对图 6-69 中个别连线进行了调整，调整后的效果如图 6-70 所示。

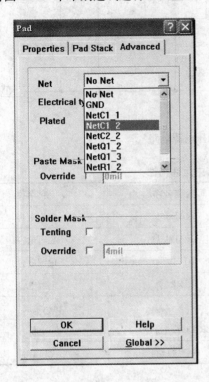

图 6-67 设置元件焊盘网络名称

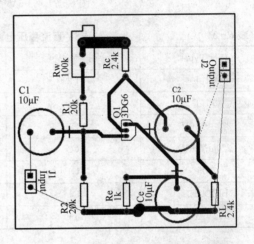

图 6-68 添加输入/输出接口效果图

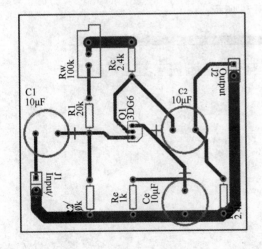

图 6-69 手工布线效果

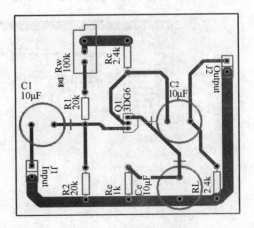

图 6-70 调整布线效果图

6.2 示例一：稳压电源设计

图 6-71 所示为一种简单的 +5V 直流稳压电源电路，电路中的元件及其属性见表 6-3，将其布成单击层板。

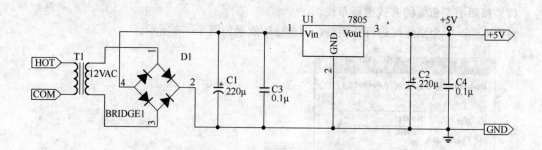

图6-71 ＋5V直流稳压电源电路

表6-3 ＋5V直流稳压电源电路中元件属性

Part Type	元件序号	封装名称	元件名称
$0.1\mu F$	C3	RAD0.1	独石电容
$0.1\mu F$	C4	RAD0.1	独石电容
$220\mu F/16V$	C1	RB.2/.4	电解电容
$220\mu F/16V$	C2	RB.2/.4	电解电容
7805	U1	TO-220	稳压集成块
BRIDGE1	D1	BRIDGE（自建）	电桥
12VAC	T1	BK（自建）	变压器

下面介绍电路板设计过程。

（1）建立设计数据库。建立一个名为稳压电源.DDB设计数据库，然后在文件夹中分别建立原理图文件、PCB文件和封装库文件，如图6-72所示。

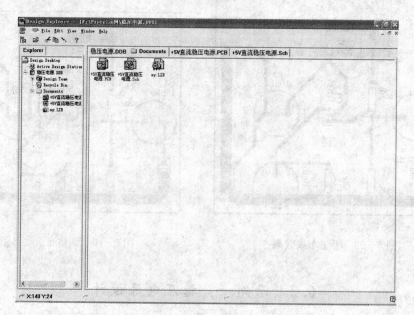

图6-72 建立项目文件

（2）建立原理图文件。双击打开"+5V 直流稳压电源 . Sch"原理图文件，设置图纸为 A4，建立如图 6-71 所示的电路原理图，并进行 ERC 校验，直至无错误报告。

（3）自建元件封装库。

1）打开封装库文件"my. LIB"，将新建的电桥封装命名为"BRIDGE"，再打开"Library \ PCB \ Generic Footprints \ International Rectifiers. ddb"封装库，将"D-37"元件库复制到"my. LIB"中，然后将焊盘序号按原理图中电桥序号进行修改，结果如图 6-73 所示。

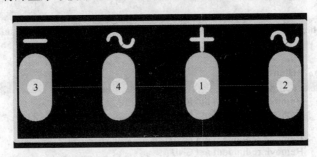

图 6-73　修改电桥的封装

2）自建变压器的封装。变压器的尺寸如图 6-74（a）所示，创建变压器的封装如图 6-74（b）所示。

（4）编辑元件封装。切换到原理图，将所有元件的封装按表 6-3 写入，然后保存。

（5）创建网络表。执行【Design】/【Create Netlist ...】菜单命令，创建"+5V 直流稳压电源 . NET"网络表。

（6）确定电气边界。切换到 PCB 图，单击"KeepOutLayer"板层标签，绘制 3000mil×2000mil 的电气边界。

（7）添加元件封装库。将自建的元件封装库"my. LIB"及系统自带的"PCB Footprints. lib"封装库添加至元件封装管理器窗口，如图 6-75 所示。

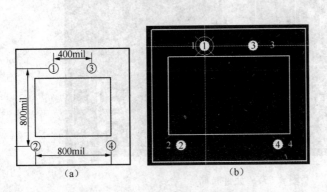

图 6-74　自建变压器的封装
（a）变压器的尺寸；（b）变压器的封装

图 6-75　添加元件封装库

（8）导入网络表。执行【Design】/【Load Nets ...】菜单命令，系统弹出如图 6-76 所示的对话框，网络宏显示无错误。单击【Execute】按钮将网络表导入 。

（9）元件布局。由于元件数量较少，采用手工布局即可，布局结果如图 6-77 所示。

（10）设置布线规则。执行【Design】/【Rules ...】菜单命令，在弹出的布线规则设置对话

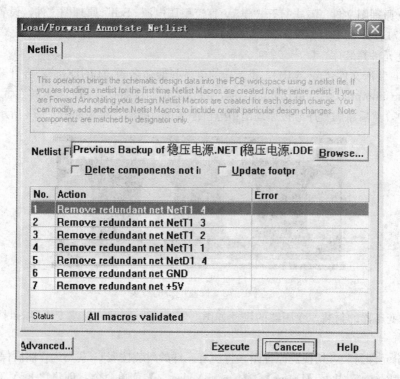

图 6 - 76　导入网络表

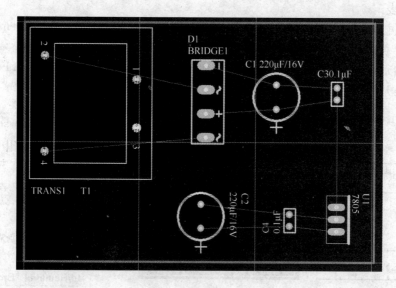

图 6 - 77　元件布局

框中将层设置为单击层板，其他参数采用默认设置。

（11）自动布线。执行【Auto Route】/【Setup ...】菜单命令，系统弹出自动布线参数设置对话框，采用系统默认设置，单击【Route All】按钮，系统开始自动布线，效果如图 6 - 78 所示。

（12）手工调整。对于某些布线进行手工调整，得到如图 6 - 79 所示的效果。

（13）补泪滴。执行【Tools】/【Teardrops ...】菜单命令，系统弹出 Teardrop Options 设置

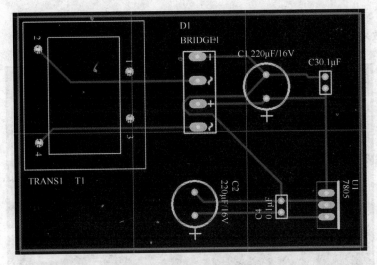

图 6-78 自动布线效果

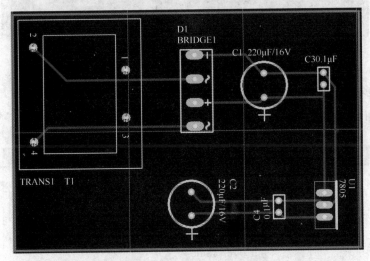

图 6-79 手工布线调整

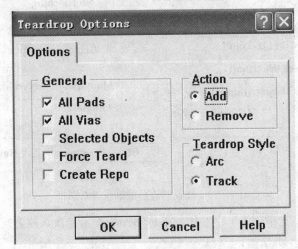

图 6-80 泪滴形状设置

对话框，在"Teardrop Style"（泪滴形状）区域选择"Track"形状，设置如图 6-80 所示。单击【OK】按钮，效果如图 6-81 所示。

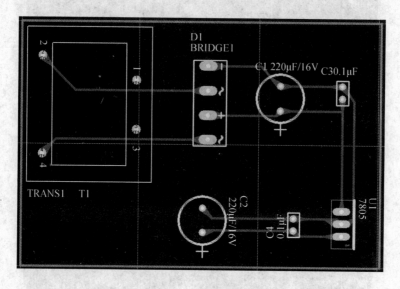

图 6-81　补泪滴效果

（14）放置多边形敷铜。执行【Place】/【Polygon Plane …】菜单命令，或单击浮动工具栏上的 ⌐ 图标按钮，在系统弹出的对话框中设置如图 6-82 所示。

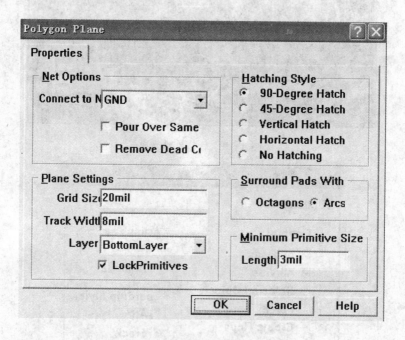

图 6-82　放置多边形敷铜设置对话框

单击【OK】按钮，光标变为十字形状，在 PCB 图中单击四次，放置矩形敷铜区，然后单击右键退出，效果如图 6-83 所示。

（15）保存文件。

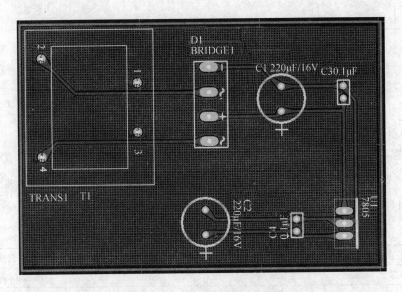

图 6-83　放置矩形敷铜区

6.3　示例二：双面板设计

（1）创建设计数据库"单片机最小系统.ddb"，进入数据库文件夹"Documents"，创建原理图"单片机最小系统.Sch"，绘制如图 6-84 所示的电路原理图。

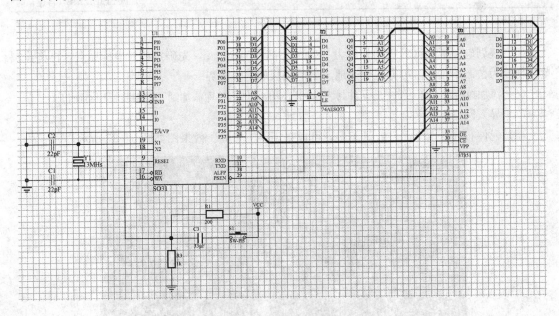

图 6-84　单片机最小系统原理图

（2）创建封装库。由于按钮开关 SW-PB 和电解电容 C3（22μF）的封装在系统自带的库中找不到，所以在生成网络表之前应先创建这两个元件的封装，其封装尺寸分别如图 6-85 和图 6-86 所示。

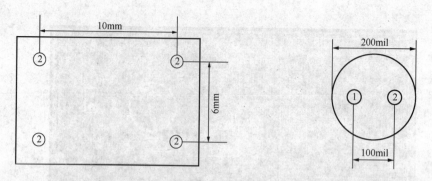

图 6-85　按钮开关的封装尺寸　　　　图 6-86　电解电容的封装尺寸

（3）编辑封装。按表 6-4 所示，编辑并检查原理图中所有元件的封装。

表 6-4　　　　　　　　　　　单片机最小系统电路中元件属性

元件序号	Part Type	封装名称	封装库
C1、C2	22pF	RAD0.1	PCB Footprints.lib
C3	22μF	RB.1/.2	PCBLIB1.LIB（自建）
R1、R2	200/1K	AXIAL0.4	PCB Footprints.lib
U1	8031	DIP40	PCB Footprints.lib
U2	74ALS373	DIP20	PCB Footprints.lib
U3	27256	DIP28	PCB Footprints.lib
Y1	12MHz	SIP-2	PCB Footprints.lib
S1	SW-PB	SW	PCBLIB1.LIB（自建）

（4）生成网络表。

（5）规划电路板。PCB 板的长度为 100mm，高度为 60mm。先确定相对坐标原点，再将英制单位切换为公制单位，就可方便快速地绘出电路板的电气边界。

（6）添加封装库。将系统中的元件封装库和自建的元件封装库添加到元件封装管理器窗口。

（7）导入网络表。

（8）元件布局。由于元件数量不多，可以采用手工布局。效果图如图 6-87 所示。

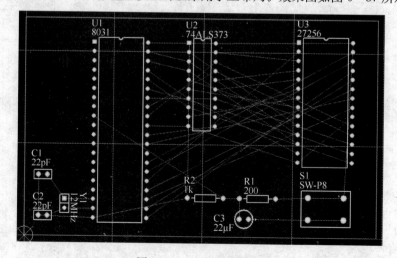

图 6-87　元件布局效果

（9）自动布线。布线之前，设置自动布线规则：两层电路板，电源线和地线宽度为 50mil。布线结果如图 6-88 所示，其三维效果图如图 6-89 所示。

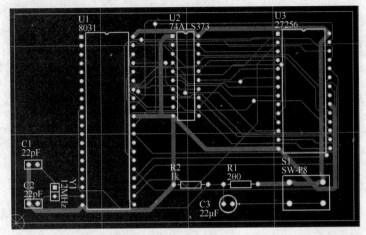

图 6-88　自动布线 PCB 图

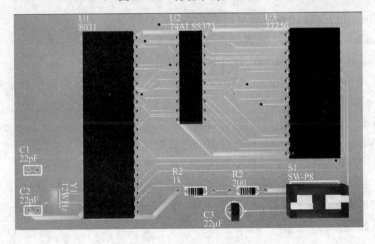

图 6-89　三维效果图

6.4　PCB 设计规则检查

电路板布线完成后，在文件输出之前，还应当对电路板进行设计规则检查，以确保电路板设计是否符合要求。设计规则检查（Design Rule Check，DRC）是 Protel 进行 PCB 检查时的重要工具，系统会根据用户设置的设计规则，对 PCB 设计的各方面进行检查校验，如安全距离、导线宽度、元件间距等。

执行【Tools】/【Design Rule Check …】菜单命令，打开如图 6-90 所示的设计规则检查对话框。对话框中设计规则的检查有两种方式，一为 Report（报表）输出，产生检查结果报表，二为 On-Line（在线）检测，即在布线过程中对电路板的电气规则进行检查。

（1）设计规则检查项目。在图 6-90 的 Report 选项卡中，左边的"Routing Rules"区域是 PCB 规则检查的各项内容，各项意义如下：

1）Clearance Constraints：元件之间安全距离约束检查。

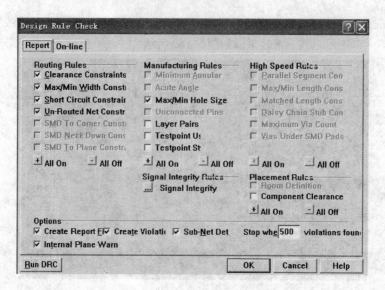

图 6 - 90　设计规则检查列表

2）Max/Min Width Constraints：导线布线宽度约束检查。

3）Short Circuit Constraints：短路设计规则检查。

4）Un - Routed Net Constraints：对没有布线的网络进行检查。

（2）设计规则检查报告选项。在"Options"区域中，显示设计规则检查报告的具体内容，各项意义如下：

1）Create Report File：运行 DRC 后会自动生成报告文件。

2）Create Violations：使违规对象与违规消息直接建立连接。

3）Sub - Net Details：对网络连接关系进行检查并生成报告。

4）Internal Plane warnings：对多层板内部平面网络连接中的错误进行警告。

本例中采用系统默认设置，对 6.3 节的示例进行设计规则检查，单击图 6 - 90 中的【DRC】按钮，检查结果如图 6 - 91 所示。

```
Protel Design System Design Rule Check
PCB File : Documents\单片机最小系统.PCB
Date     : 28-May-2008
Time     : 21:43:31

Processing Rule : Width Constraint (Min=10mil) (Max=50mil) (Prefered=50mil) (Is on net GND )
Rule Violations :0

Processing Rule : Width Constraint (Min=10mil) (Max=50mil) (Prefered=50mil) (Is on net VCC )
Rule Violations :0

Processing Rule : Hole Size Constraint (Min=1mil) (Max=100mil) (On the board )
Rule Violations :0

Processing Rule : Width Constraint (Min=10mil) (Max=10mil) (Prefered=10mil) (On the board )
Rule Violations :0

Processing Rule : Clearance Constraint (Gap=10mil) (On the board ),(On the board )
Rule Violations :0

Processing Rule : Broken-Net Constraint ( (On the board ) )
Rule Violations :0

Processing Rule : Short-Circuit Constraint (Allowed=Not Allowed) (On the board ),(On the board )
Rule Violations :0


Violations Detected : 0
Time Elapsed        : 00:00:06
```

图 6 - 91

本　章　小　结

本章先从通过单层板设计实例入手，详细介绍了电路板制作的全过程，包括设计数据库的建立、空白 PCB 文件的创建、PCB 环境参数设置、电路板的规划、元件封装的添加、网络表的导入、元件布局、元件布线规则的设置、自动布线、手工布线调整。接着又分别介绍了一个单层板制作实例和一个双层板制作实例，目的是通过实例加分析，强化读者掌握 PCB 设计的步骤和要领。另外在完成电路板制作后要对电路板进行设计规则检查，以确保设计的正确性。同时还穿插了 PCB 后期处理的内容，如补泪滴、多边形敷铜，使电路板设计趋于完整合理。

思 考 与 练 习

1. 如果 PCB 上某些元件需要任意放置，应如何设置？

2. 对于已经布线连接的元件，如果移动它，如何保证导线与元件继续保持连接？

3. PCB 特殊功能参数有哪些？

4. 设计单面板和双面板时，要用到哪些工作层？应如何设置？

5. 将图 6 - 92 制成单面板，尺寸自定。

6. 图 6-93 所示电路为一延迟开关电路。印制板尺寸为：长度 100mm，高度 60mm。要求制作双面板。

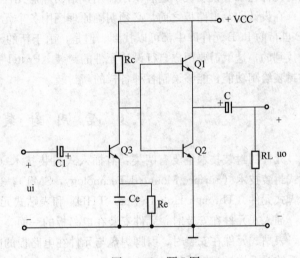

图 6 - 92　题 5 图

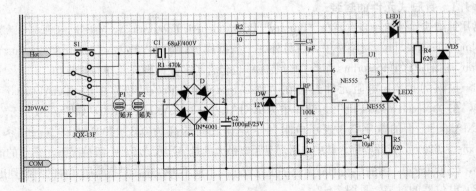

图 6 - 93　题 6 图

第 7 章

元 件 封 装 及 制 作

在第五章，我们已经介绍了元件封装概念。芯片的封装在电路板上通常表现为一组焊盘、丝印层上的文字和元件的轮廓。焊盘是封装中最重要的组成部分，用于连接各元器件的引脚，并通过导线与其他焊盘进行连接，从而与焊盘所对应的元器件引脚相连，完成电路板的功能。丝印层上的元件轮廓和说明文字起着指示作用，指明焊盘元件，方便印制电路板的焊接。

在设计印制电路板之前，必须明确原理图中各个元件的封装，大部分元件的封装在 Protel 99 SE 自带的 PCB 元件库中都可以找到。但是，由于新的元件不断涌现，总有一些元件的封装是无法找到的，这就需要用户自行设计元件的封装。Protel 99 SE 中的 PCB 元件封装编辑器具有强大的封装绘制功能，能够绘制各种各样的新封装。

7.1　常　用　封　装　介　绍

元件的封装技术主要有两类：有插入式封装技术（Through Hole Technology，THT）和表贴式封装技术（Surface Mounted Technology，SMT），这两种封装技术所对应的元器件分别称为针脚式元件（Through Hole Device，THD）和表贴式元件（Surface Mounted Device，SMD）。

插入式元件在安装时，元件安装在电路板的一面，元件的引脚穿过焊盘焊接在电路板的另一面。表贴式元件在安装时，引脚焊盘与元件在电路板的同一面上，焊接时不需要为焊盘钻孔，电路板的两面均可焊接元件。

7.1.1　针脚式元件的封装

常用针脚式元件的封装主要在“Library \ PCB \ Generic Footprints \ miscellaneous. ddb”数据库中的“miscellaneous. lib”封装库中，在另外一个数据库“Library \ PCB \ Generic Footprints \ Advpcb. ddb”中的“PCB footprints. lib”的封装库中也包含了多数针脚式元件的封装。

（1）电阻的封装。电阻元件封装在“PCB footprints. lib”封装库中为 AXIAL0.3 ～ AXIAL1.0，在“miscellaneous. lib”封装库中为 AXIAL - 0.3 ～AXIAL - 1.0，如图 7 - 1 所示。

AXIAL0.3 后面的数字 0.3 表示电阻两个焊盘之间的高为 $0.3 \times 1000 = 300$（mil）$\approx 300 \times 0.254$mm$= 7.62$mm，依此类推，其中电阻焊盘距离最大的是 AXIAL1.0，一般情况下功率小的电阻体积也小，长度就较短，封装形式的后缀数字也就较小。下面不再叙述，只把常用元件的封装列出。

（2）电位器的封装，见图 7 - 2。

（3）电容的封装，见图 7 - 3。

（4）二极管的封装，见图 7 - 4。

（5）三极管和场效应管的封装，见图 7 - 5。

（6）三端稳压电源的封装，见图 7 - 6。

（7）单排多针与双列直插式元件封装，见图 7 - 7。

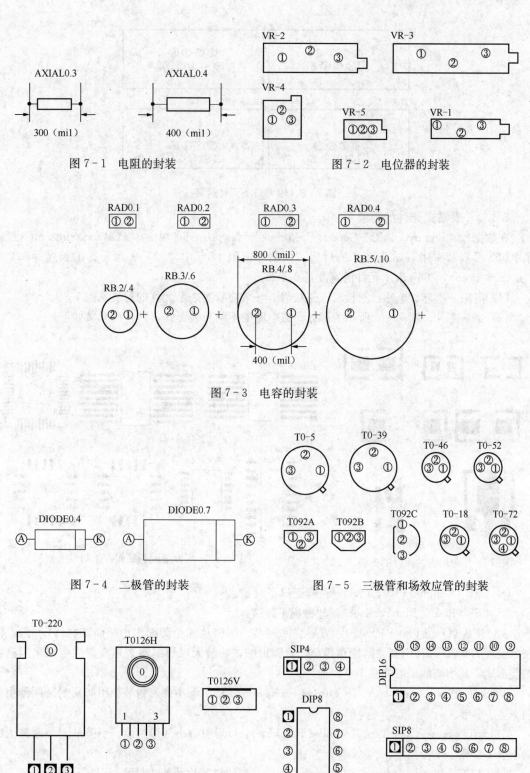

图 7-1　电阻的封装

图 7-2　电位器的封装

图 7-3　电容的封装

图 7-4　二极管的封装

图 7-5　三极管和场效应管的封装

图 7-6　三端稳压电源的封装

图 7-7　单排多针与双列直插式元件封装

（8）串并口类元件封装，见图 7-8。

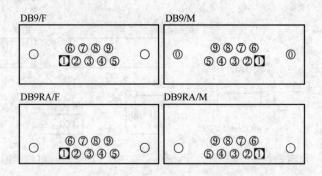

图 7-8　串并口类元件封装

7.1.2　表贴式元件的封装

在数据库"Library \ PCB \ Generic Footprints \ Advpcb. ddb"中的"PCB footprints. lib"封装库中包含了多数常用表贴式元件的封装。如贴片电阻 1206 中"12"表示元件的长度是 1.2 in（1in＝25.4mm），"06"表示元件的宽度是 0.6 in。

（1）电阻、电容、电感、二极管、三极管、场效应管类表贴元件的封装见图 7-9。

（2）集成芯片。图 7-10 所示为部分集成电路的不同封装形式，其各项意义如下：

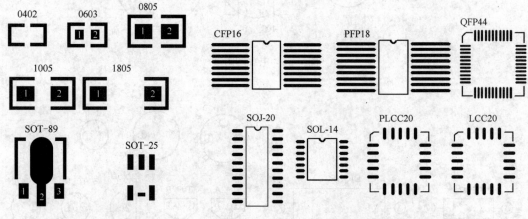

图 7-9　常用表贴元件的封装　　　　图 7-10　部分集成表贴元件的封装

1）CFP（Ceramic Flat Package）：陶瓷扁平封装。

2）PFP（Plastic Flat Package）：塑料扁平封装。

3）QFP（Quad Flat Package）：方形扁平封装。引脚从四个侧面引出呈海鸥翼（L）形。该技术实现的 CPU 芯片引脚之间距离很小，管脚很细，一般大规模或超大规模集成电路采用这种封装形式，其引脚数一般都在 100 以上。

4）SOJ（Small Out－line　J－Leaded Package）：J 形引脚小外形封装。引脚从封装两侧引出向下呈 J 字形。

5）SOL（Small Out－Line L－leaded PACkage）：L 形引脚小外形封装。引脚从封装两侧引出向下呈 L 字形。

6）PLCC（Plastic Leaded Chip Carrier）：带引脚塑料芯片载体式封装。引脚从封装的四个侧面呈丁字形引出。

7）LCC（Leadless Chip carrier）：无引脚芯片载体式封装。指陶瓷基板的四个侧面只有电极接触而无引脚的表面贴装型封装。

7.2　元件封装编辑器

7.2.1　启动元件封装编辑器

在设计数据库环境中，执行【File】/【New …】命令，系统弹出如图 7-11 所示的编辑器选择对话框。单击选中"PCB Library Document"图标再单击【OK】按钮或双击"PCB Library Document"图标，即可进入元件封装编辑器窗口，如图 7-12 所示。

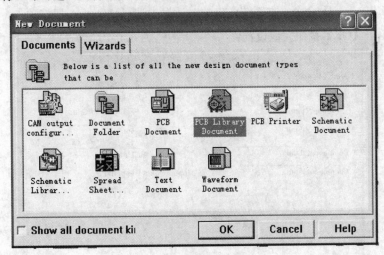

图 7-11　元件封装编辑器选择对话框

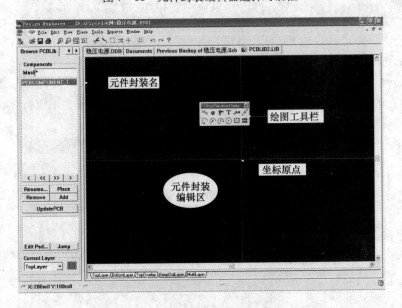

图 7-12　打开元件封装编辑器

元件封装编辑器界面与 PCB 设计界面类似，主要由标题栏、主工具栏、绘图工具栏、元器件封装管理器、状态栏和编辑界面等部分组成。

主菜单上集中了所有设计编辑与绘图命令，主工具栏提供了大多数菜单命令的图标按钮，绘图工具栏提供了创建元件封装的各种命令按钮，状态栏显示当前的系统状态，元件封装管理器窗口主要对当前库中的所有元件封装进行管理，窗口上的各种命令按钮主要用来编辑元件的封装，其具体功能与前面叙述的各编辑器相似，这里不再赘述。

7.2.2　元件封装环境参数设置

为了方便绘制元件封装和提高电路板设计效率，可以根据要绘制的元件封装类型对编辑器环境进行相应的设置。

1. "Document Options" 设置

执行【Tools】/【Library Options ...】菜单命令或在工作区中单击鼠标右键，在弹出的快捷菜单中单击【Library ...】命令，在系统弹出的对话框中选择 "Options" 选项卡，具体设置如图 7 - 13 所示。单击【OK】按钮完成设置。

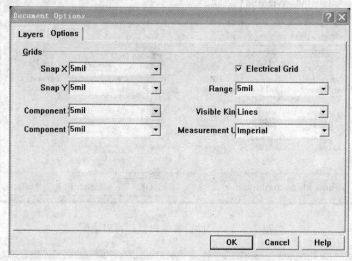

图 7 - 13　"Document Options" 设置对话框

2. "Preferences" 设置

执行【Tools】/【Preferences】菜单命令，系统弹出 "Preferences" 对话框，切换到 "Display" 选项卡，选中复选框 "Origin Marker"，如图 7 - 14 所示，其他各项保持默认设置，单击【OK】按钮完成设置。

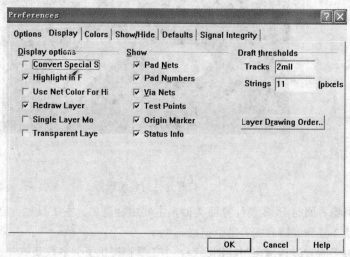

图 7 - 14　"Preferences" 设置对话框

7.2.3 示例一：手工创建元件封装

下面以 0.75in 七段数码管为例来说明手工创建元件封装的方法。数码管尺寸如图 7－15 所示。步骤如下：

（1）进入元件封装编辑器窗口，执行【Edit】/【Jump】/【Reference】命令，如图 7－16 所示。将光标定位与（0，0）mil 参考点，这样将封装的左下角定位在参考点上。

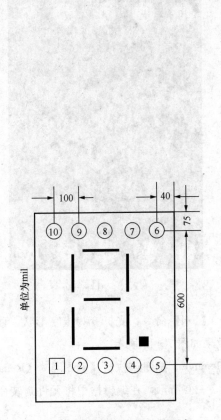

图 7－15 数码管引脚与封装要求

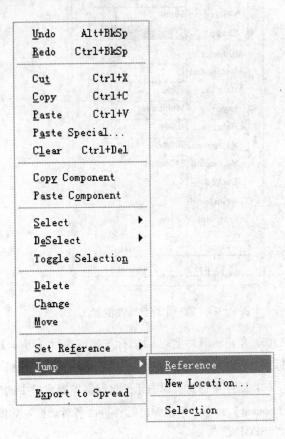

图 7－16 定位参考点

（2）放置焊盘。将工作层切换到"MultiLayer"（多层），单击工具栏上的 ⊙ 图标按钮或执行【Place】/【Pad】命令，光标变为十字形状，按下 Tab 键，弹出如图 7－17 所示的焊盘属性设置对话框。在"Attributes"区域中将"Desgnator"编辑框设置为 1，即将第一个焊盘的序号设置为 1，其他均采用默认设置，单击【OK】按钮确定。

此时光标仍然为十字形状，移动鼠标到（0，0）mil 参考点，单击鼠标左键确定，完成了第一个焊盘的放置。此时光标仍处于放置焊盘命令状态，然后按照 2、3、…10 脚的放置顺序，按照尺寸移动光标到相应位置放置焊盘，焊盘的序号会自动增加。效果如图 7－18 所示。

（3）放置完 10 个焊盘之后，双击焊盘 1，在弹出的对话框中将焊盘的形状由"Round"（圆形）改为"Rectangle"（矩形）。

（4）放置元件轮廓。将工作层切换到"TopOverlay"（丝印层），单击工具栏上的 ≈ 图标按钮或执行【Place】/【Track】命令，光标变为十字形状，根据计算，在焊盘外围放置好数码管的轮廓，内部"8"字形状可根据整体情况自行放置。

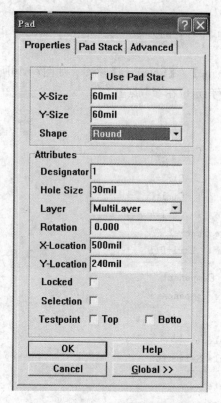

图 7-17 第一个焊盘属性设置

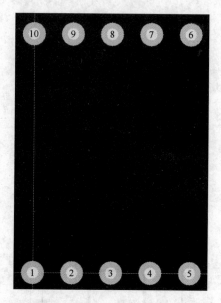

图 7-18 焊盘的放置

（5）单击工具栏上的 ▣ 图标按钮或执行【Place】/【Fill】命令，光标变为十字形状，移动光标到数码管的右下角拖动一个小数点的形状。最终效果如图 7-19 所示。

（6）元件重命名。单击元件封装浏览器窗口中的 **Rename...** 按钮或执行【Tools】/【Rename Component】命令，系统弹出元件重命名对话框，如图 7-20 所示，在编辑框中将元件封装命名为 "7SEGDP"。

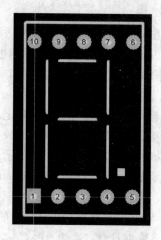

图 7-19 数码管轮廓放置

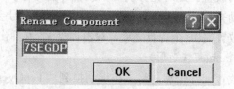

图 7-20 元件封装重命名

（7）保存文件。

174

7.2.4 示例二：修改库中元件封装

在实际应用中，我们会发现某些元件在库中有封装，但是其电路符号的引脚定义与封装库中的引脚定义不一致，导致在载入网络表时找不到对应的节点。如二极管的电路符号中阳极引脚号为 "1"，阴极引脚号为 "2"，而二极管封装的阳极引脚号为 "A"，阴极引脚号为 "K"，这样就会导致在 PCB 中调用二极管封装时，其两个引脚无法与网络节点相连。我们可以将封装库中的二极管封装复制，然后稍加修改就可以达到要求，具体处理方法如下：

（1）创建封装库文件。执行【File】/【New …】命令，在系统弹出的 New Document 对话框中选择 PCB Library Document。单击【OK】按钮，生成名为 "PCBLIB1. LIB" 的库文件。

（2）双击 "PCBLIB1. LIB" 库文件，进入元件封装编辑器。

（3）单击元件封装管理器窗口中的【Rename …】命令按钮，在弹出的对话框中将新建二极管封装命名为 "D"，如图 7 - 21 所示。

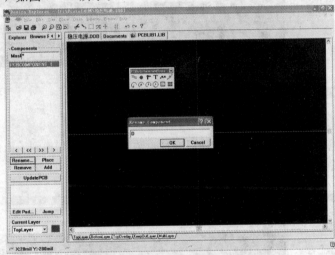

图 7 - 21　二极管封装重命名

（4）执行【File】/【Open …】菜单命令，打开 "C：\ Program Files \ Design Explorer 99 SE \ Library \ Pcb \ Generic Footprints \ Advpcb. ddb" 数据库，如图 7 - 22 所示。

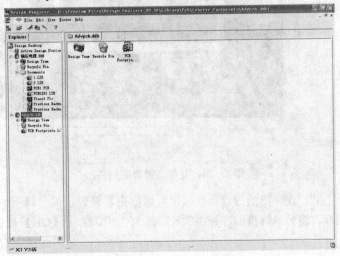

图 7 - 22　打开二极管所在的封装库

（5）双击打开工作区窗口中的"Pcb Footprints. lib"封装库文件，通过浏览找到库中的二极管封装，如图 7 - 23 所示。

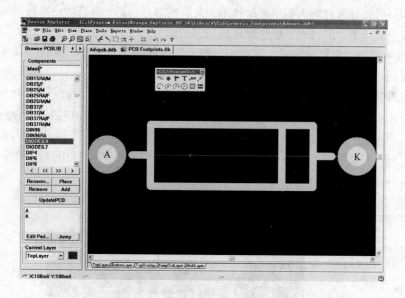

图 7 - 23　库中的二极管封装

（6）选中二极管的封装，将其复制，然后通过封装管理器窗口切换到前面创建的库文件窗口中，并执行粘贴命令，将选中消除，结果如图 7 - 24 所示。

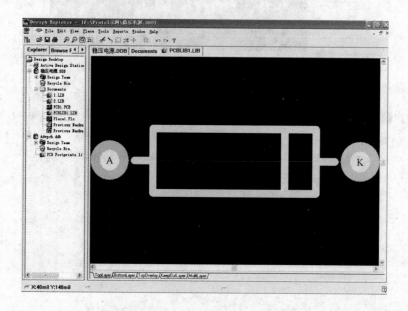

图 7 - 24　复制二极管的封装

（7）双击焊盘"A"，在弹出的焊盘属性编辑对话框中，将焊盘的"Desigenator"（序号）由"A"改为"1"，同理，将另一焊盘的序号由"K"改为"2"，单击【OK】按钮确定，结果如图 7 - 25所示。

（8）保存文件。

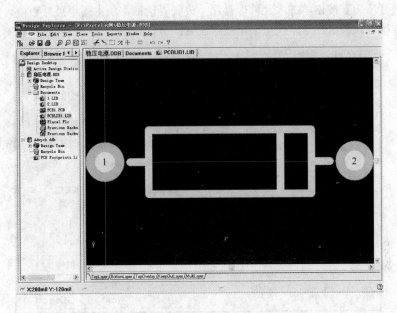

图 7 - 25 修改后的二极管封装

7.2.5 利用向导创建元件封装

利用向导封装可以很容易创建具有通用标准元件的封装，下面以 DIP14 元件封装为例来介绍向导创建元件封装的方法，具体步骤如下：

（1）执行【Tools】/【New component/】命令或单击元件封装浏览器窗口中的【Add】按钮，系统弹出如图 7 - 26 所示的元件封装创建向导对话框。

图 7 - 26 元件封装创建向导

（2）单击【Next】按钮，进入元件封装类型选择对话框，拖动列表框右侧的滚动条，选择元件封装类型为 "Dual in - line Pakage"（双列直插封装），右下角的长度单位一般默认为 Imperial（英制）单位，如图 7 - 27 所示。

（3）单击【Next】按钮，进入元件焊盘尺寸设置对话框，单击图中尺寸数值，相应位置变为蓝色，可以直接编辑焊盘尺寸。这里采用默认设置即可，如图7－28所示。

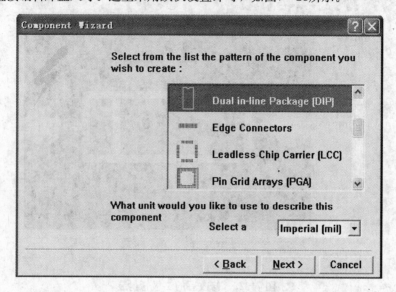

图 7－27　元件封装类型选择对话框

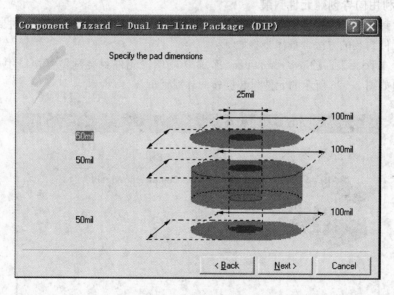

图 7－28　焊盘尺寸设置

（4）单击【Next】按钮，进入焊盘间距设置对话框。这里采用默认设置，如图7－29所示。

（5）单击【Next】按钮，进入元件线宽设置对话框。这里采用默认设置，如图 7－30 所示。

（6）单击【Next】按钮，进入元件引脚数目设置对话框。将引脚数设置为 14，如图7－31所示。

（7）单击【Next】按钮，进入元件封装名称设置对话框，如图 7－32 所示。

（8）单击【Next】按钮，进入元件封装创建结束对话框如图 7－33 所示。

（9）单击【Finish】按钮，元件封装编辑区中显示新建的封装，如图 7－34 所示。

（10）保存元件封装，即完成整个创建过程。

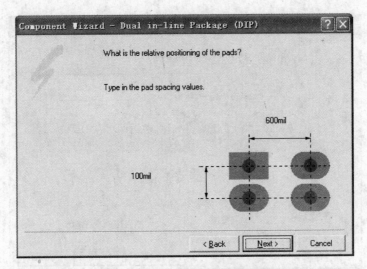

图 7 - 29　焊盘间距设置对话框

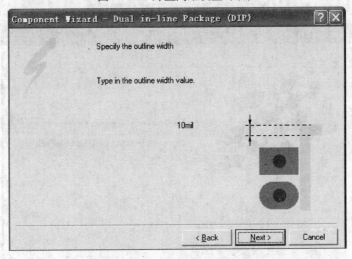

图 7 - 30　元件线宽设置对话框

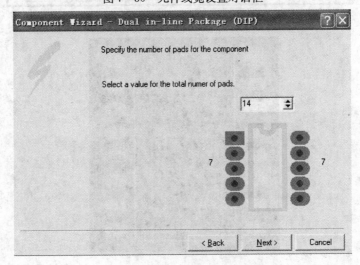

图 7 - 31　元件引脚数目设置对话框

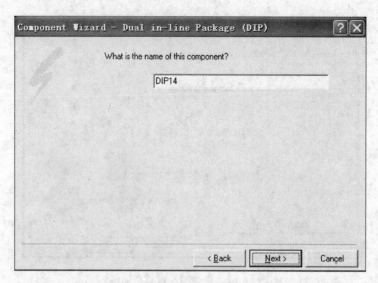

图 7-32　元件封装名称设置对话框

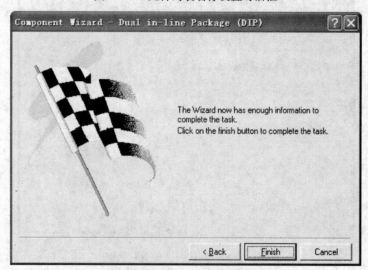

图 7-33　完成元件封装的创建

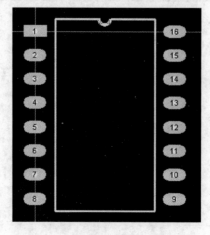

图 7-34　新创建的 DIP14 封装形式

本　章　小　结

本章首选介绍了元件封装的概念以及元件封装的分类，还直观地给出了常用元件的封装形式。然后重点介绍了手工创建元件封装的过程、利用库中已知的元件封装进行修改、利用系统提供的元件封装生成向导创建元件封装共三种方法。目的使读者能够融会贯通各种方法，保证在实际工作中可以高效、快捷、灵活地创建适合自己需要的元件封装。

思　考　与　练　习

1. 创建元件封装有哪两种方法？分别需要注意什么问题？

2. 创建自己的封装库 MyPCBLib. lib，用两种方法创建 DIP16 元件封装。

3. 打开系统中的封装库 Transistors. ddb，将其中的三极管封装 TO - 92 复制到自建的库中，并按照实际三极管有近脚排列"e、b、c"和"b、c、e"两种情况，制作相应的三极管封装。

第 8 章

Protel 99 SE 的实用操作技巧

在 Protel 99 SE 中有一些操作是非常实用的技巧，熟练掌握这些操作技巧，将会给您的设计带来极大的方便。

8.1 自动存盘的设定

我们在设计一个比较大的文件时，所花费的时间可能较长，若在设计过程中遭遇如死机、停电等突发事件，使得设计文件没有及时存盘而使整个工作前功尽弃。通过设定自动存盘操作可以避免这种情况的发生。

自动存盘参数设定步骤：

(1) 单击当前窗口左上角的系统菜单 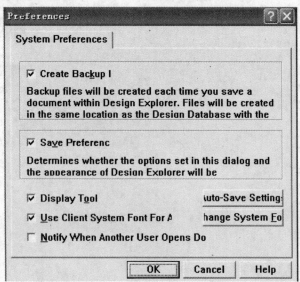 图标按钮，在弹出的下拉菜单中单击"Prefterence …"命令，如图 8-1 所示。

(2) 在弹出如图 8-2 所示的系统参数设置对话框中，有几个选项，各项含义如下：

图 8-1　系统菜单　　　　　　　　图 8-2　系统参数设置对话框

1) Create Backup File：选中此项表示创建备份文件。

2) Save Preference：选中此项表示在下一次 Protel 99 SE 启动时按照本次的参数设定。

3) Display Tool Tips：选中此项表示当鼠标移动到工具栏上的一个图标按钮上面时，出现该按钮功能的浮动显示信息。

4）Use Client System Font For All Dialogs：选中此项表示对话框的文本采用 Protel 99 SE 的内定字体，单击【Change System Font】按钮可自定义字体参数。

（3）将 Create Backup File 前的复选框勾上，再单击【Auto Save Setting】按钮，弹出如图 8-3 所示的自动存盘参数设置对话框。

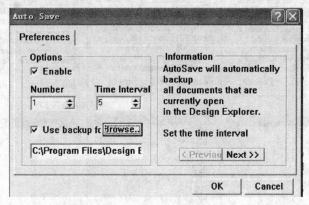

图 8-3　自动存盘参数设置对话框

（4）选中"Enable"项使自动存盘功能设置有效。

（5）在"Number"选项中单击增减量按钮设置每个文件的备份数量为 1 个，在"Time Interval"选项中设置每隔 5min 进行一次备份操作。

（6）选中"Use backup folder"选项，表示自动备份文件存放在系统默认的"C：\ Program Files \ Design Explorer 99 SE Backup"目录下，如果想自行决定自动备份文件的存放路径，可单击【Browse …】按钮进行选择。如果没有选中"Use backup folder"选项，则表示自动备份文件将存放于设计数据库文件的目录之下。

8.2　原理图元件的快速查找与添加

对于一些不常用的元件，用户可能不知道它们在哪个元件库中，通过快速查找是较为有效的办法，具体步骤如下：

8.2.1　在已知库中查找元件

（1）在原理图元件浏览器窗口中"Browse"标签下选择"Library"选项，这里窗口中会显示当前原理图中已加入的元件库，单击"Miscellaneous Devices. lib"元件库，则靠下的窗口中列出选中元件库中所有的元件，如图 8-4（a）所示。

（2）在"Filte"过滤框中输入元件的名称或带有通配符的名称，如要查名称以"R"字符开头的元件，只要输入"R＊"，然后按回车键，则下面窗口将列出所有名称以"R"字符开头的元件，如图 8-4（b）所示。若直接输入元件名称，按回车键，则窗口中只显示该项元件，如图 8-4（c）所示。

8.2.2　在未知库中查找元件

（1）在原理图元件浏览器窗口中单击【Find】按钮，系统弹出如图 8-5 所示的查找原理图库元件对话框。各区域作用如下：

1）Find Component（查找元件）。

a. By Library Reference：选中此项表示在右边的编辑框输入要查找元件的名称。必须选中此项。

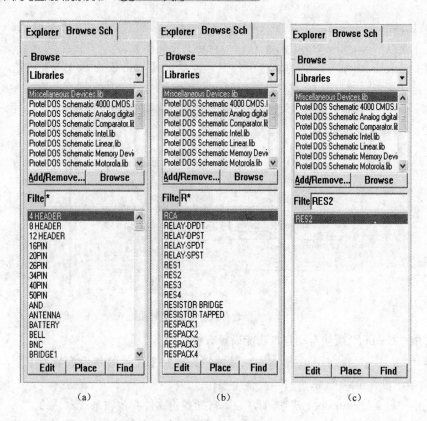

(a)　　　　　　　　(b)　　　　　　　　(c)

图 8-4　过滤法查找元件

（a）无过滤情况；（b）输入为"R＊"的过滤结果；（c）输入为"RES2"的过滤结果

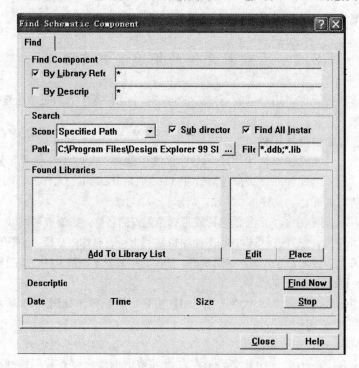

图 8-5　原理图库元件查找对话框

b. By Description：选中此项表示按元件的描述进行查找，建议不用此项。

2）Search（搜索）。该区的功能主要是设置查找库元件的范围、路径等，建议选择系统默认设置。

3）Found Libraries（查找结果显示窗口）。此窗口显示查找库元件的结果，如果找到相关元件，则在窗口中显示。然后才能下一步操作。

（2）在"By Library Reference"编辑框输入要查找的库元件名称，如输入运算放大器 LM741，单击【Find Now】按钮，系统即开始搜索，搜索完毕会在"found Librwries"窗口中列出含查找元件的元件库名称，右边窗口显示查找元件的名称，如图8-6所示。

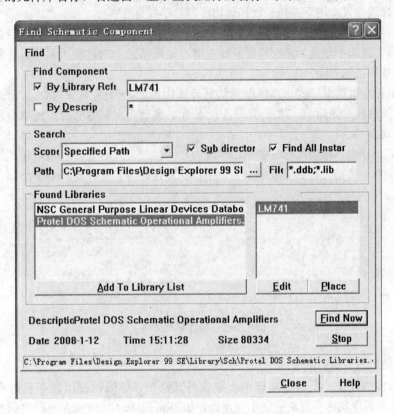

图 8-6　原理图库元件查找结果显示

（3）单击【Place】按钮，可直接将查找到的库元件放入原理图编辑区窗口中，若单击【Add To Library List】按钮，则表示将包含该元件的元件库添加到元件库列表窗口中，再单击【Close】按钮关闭对话框，然后才能进行放置元件操作。

8.3　导　线　的　移　动

在原理图绘制过程中，经常要对导线进行编辑，因此，熟练掌握导线编辑的操作方法，将有助于提高我们的绘图效率。

（1）一次绘制成的导线与多次绘制成导线的区别。用鼠标左键单击绘制完成的导线，若导线端点及拐角处均有灰色小方块标志，则表示该导线是一次绘制成的。图8-7所示为一次绘制成的导线，而图8-8所示为两次绘制成的导线。

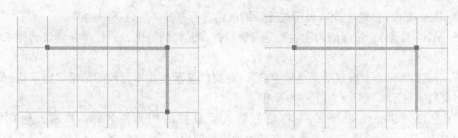

图 8-7　一次绘制成的导线图　　　　　图 8-8　两次绘制成的导线图

（2）移动导线位置。用下面任一种操作均可移动单根直导线。

1）用鼠标左键直接按住导线并拖动到需要的位置，松开鼠标左键即可完成导线的移动。

2）用鼠标左键选中导线，再次按住鼠标左键不放拖动选中的导线，到达需要的位置松开鼠标左键即可完成导线的移动。

3）先用鼠标左键选中导线，再将鼠标移到导线中点处，如图 8-9（a）所示。单击鼠标左键，此时导线就粘附在光标上，如图 8-9（b）所示。移动光标到需要的位置单击鼠标左键即可完成导线的移动。

4）先按住 Ctrl 键，再用鼠标左键单击导线的任一位置，此时导线就粘附在光标上，结果如图 8-9（b）一样，移动光标到需要的位置单击鼠标左键即可完成导线的移动。

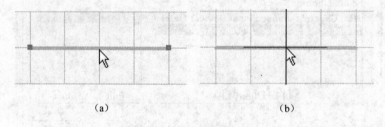

（a）　　　　　　　　　　　　　（b）

图 8-9　导线移动方法
（a）导线移动方法三；（b）导线移动方法四

（3）导线长度与方向的改变。

1）导线长度的改变。用鼠标左键单击导线将其选中，导线两端出现灰色的小方块，如图 8-10（a）所示，再将鼠标移到灰色的小方块处，如图 8-10（b）所示，单击鼠标左键，导线的一端粘附在光标上，水平移动光标即可改变导线的长度，如图 8-10（c）所示。

2）导线方向的改变。用鼠标左键单击导线将其选中，导线两端出现灰色的小方块，如图 8-11（a）所示，再将鼠标移到灰色的小方块处，如图 8-11（b）所示，单击鼠标左键，导线的一端粘附在光标上，逆时针或顺时针方向移动光标即可改变导线的方向，如图 8-11（c）所示。

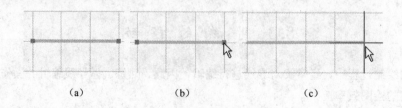

（a）　　　　　　　　（b）　　　　　　　　　（c）

图 8-10　导线长度的改变
（a）选中导线；（b）单击导线灰色端点；（c）移动光标

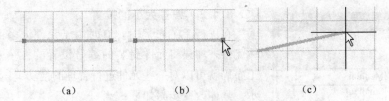

图 8-11 导线方向的改变

(a) 选中导线；(b) 单击导线灰色端点；(c) 移动光标

8.4 全 局 编 辑 功 能

全局编辑是 Protel 99 SE 中一个非常有用的操作技巧，它可以对当前文件或整个数据库文件中具有同种属性的图件同时进行编辑。全局编辑非常灵活，用户可随意设置编辑条件来达到全局修改的目的，如修改指定图件的颜色、编号、字体、位置等多种属性。熟练掌握这种编辑方法，可以节省大量手工修改工作。

下面我们通过几个例子来说明全局编辑功能的应用。

8.4.1 改变导线宽度

图 8-12 所示为我们前面经常用到的单管共射放大电路，现在我们利用全局编辑功能来改变连接导线的宽度。具体步骤如下：

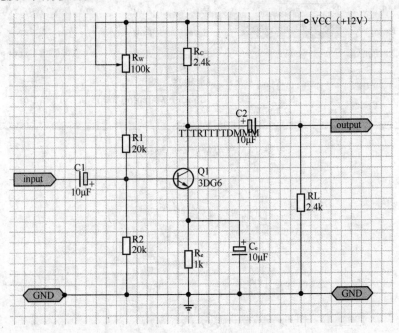

图 8-12 导线宽度未改变之前

(1) 双击原理图中任一连接导线，弹出如图 8-13 所示的导线属性修改对话框，在"Wire"下拉列表框中选择"Medium"项（原来是"Small"项），如图 8-13 所示。

(2) 单击【Global】按钮，弹出如图 8-14 所示的全局属性编辑对话框。

该对话框中左边区域是当前图件的属性，右边有 3 个区域是用来进行全局属性编辑设置的，各区域含义如图 8-14 所示。

(3) 所有选项选择系统默认设置，单击【OK】按钮确定，结果如图 8-15 所示。

图 8-13　导线宽度修改

8.4.2　编号大小的设置

在进行手工布局时，有时由于元件太多而无法知道具体元件，如果将元件封装的编号设置的大一点，这样在手工布局就可以对一些元件进行合理的拖动了，如图 8-16 所示。具体改变步骤如下：

（1）双击任一元件的编号，系统弹出如图 8-17 的对话框。

（2）将元件编号属性编辑对话框中的"Height"编辑框中文本高度由 50mil 改为 100mil，"Width"编辑框中文本宽度由 10mil 改为 20mil，再单击【Global】按钮，进入如图 8-18 所示的元件编号属性全局编辑对话框。

（3）所有选项选择系统默认设置，单击【OK】按钮确定，结果如图 8-19 所示。

被编辑图件的当前属性　　要进行全局修改的图件的匹配属性　　将指定的属性复制到所有匹配的图件中

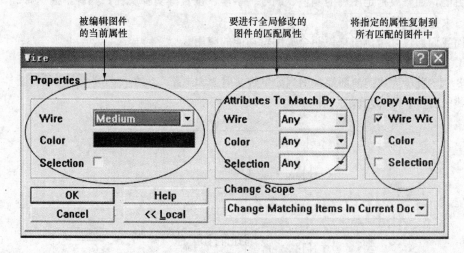

图 8-14　导线宽度全局编辑对话框

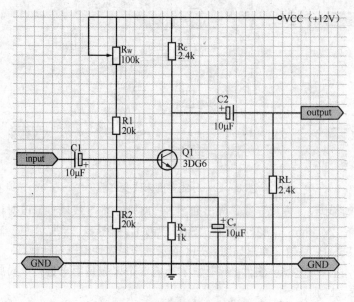

图 8-15　导线宽度全局编辑结果

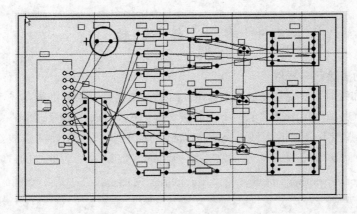

图 8-16　元件编号未改变之前

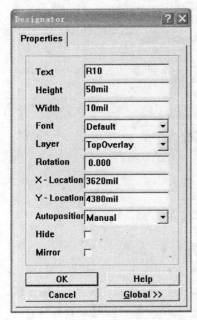

图 8-17　元件编号属性编辑对话框

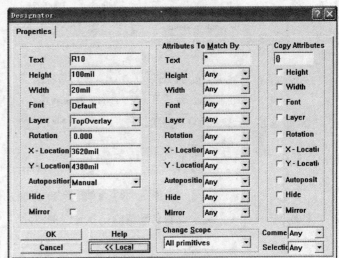

图 8-18　元件编号属性全局编辑对话框

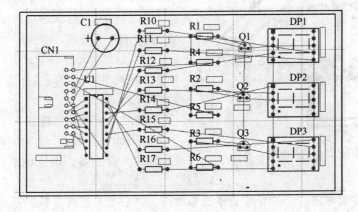

图 8-19　元件编号大小全局修改结果

8.5　布 线 操 作 技 巧

8.5.1　自动清除已布导线

当手工调整布线时，发现某些走线不合理，如果直接删除布线再重新布线，未必有点麻烦。Protel 99 SE的PCB编辑器中提供了一个功能强大的"Automatically Remove"功能，它可以让设计者不必理会那些不合理的走线，在重新布线的同时就把不合理的走线给删除了。执行【Tools】/【Preferences ...】菜单命令，在系统弹出的参数设置对话框中的"Options"选项卡下，勾选"Interactive routing"区域下的"Automatically Remove"选项，如图8-20所示。

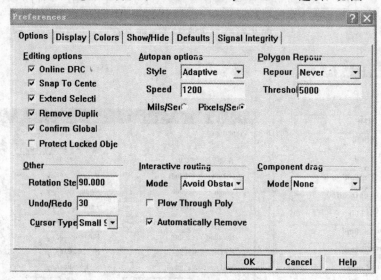

图8-20　自动清除布线功能的选择

下面以图8-21为例来说明自动清除已布导线的清除。

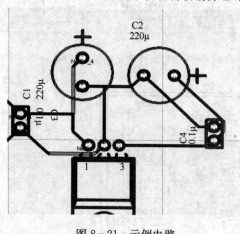

图8-21　示例电路

（1）图8-21中C2的1脚到C4的2脚之间不符合线间安全距离，需要重新布线。

（2）由于是单层布线，将工作层切换到"BottomLayer"层，再单击工具栏上的 图标按钮，光标变为十字形状，在C2的1脚到C4的2脚之间重拉一条导线，如图8-22所示。

（3）当布置完毕新导线后，原先布好的导线已自动被移除了，黑色标志也消失了，结果如图8-23所示。

8.5.2　点取调整导线

（1）如图8-24所示，电容C1的1脚与电容C3的1脚之间的边线也不符合线间安全距离，需要调整。

（2）用鼠标左键单击导线使导线处于选中状态，然后鼠标指向导线的拐点处，如图8-25所示。

（3）在导线拐点处单击鼠标左键，光标变为十字形状，并且导线粘附在光标上，如图 8-26 所示。

（4）移动光标将导线拖至合适的位置，如图 8-27 所示。

（5）单击鼠标左键确定，即完成了导线的部分移动。重复以上操作，将导线的下部分也移至合适的位置，最终效果如图 8-28 所示。

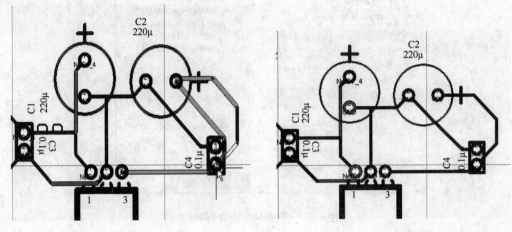

图 8-22 重布一条新导线   图 8-23 自动清除已布导线

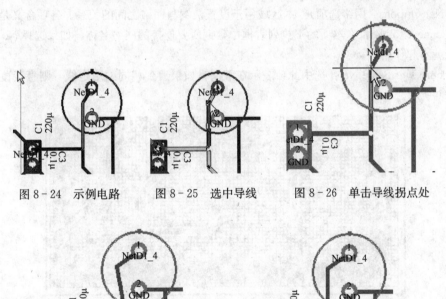

图 8-24 示例电路   图 8-25 选中导线   图 8-26 单击导线拐点处

图 8-27 拖动导线 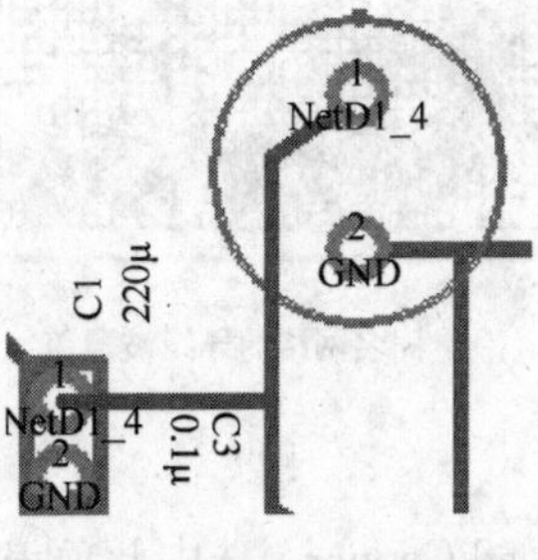   图 8-28 完整导线移动结果

8.6 敷铜的应用

敷铜就是在电路板上没有布线的地方铺设铜膜。在印制电路板上如果有较大的空白处没有布线，要尽量用敷铜方法来填充。

执行【Place】/【Polygon Plane】命令或单击工具栏上的 图标按钮，弹出如图8-29所示的对话框。

图8-29　敷铜属性设置对话框

对话框中5个区域，分别说明如下：

（1）Net Options（网络选项）。本区域用于设置敷铜与网络之间的关系。各项含义是：

1）Connect to Net：在本项的下拉列表框中敷铜所要连接的网络名称。如果选择No Net，则下面两项就不起作用了。

2）Pour Over Same Net：选中此项表示在敷铜时如果遇到相同网络走线，则直接覆盖导线。如图8-30所示。

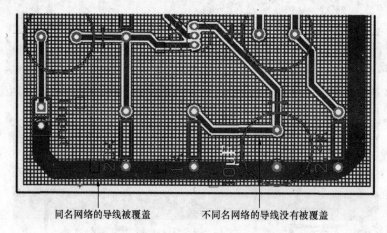

　　同名网络的导线被覆盖　　　　　　不同名网络的导线没有被覆盖

图8-30 选中　"Pour Over Same Net" 项

3）Remove Dead Copper：选中此项表示删除死铜。死铜是指在敷铜之后，与网络没有连接的部分敷铜。

（2）Plane settings（敷铜放置设置）。本区域用于敷铜的栅格间距与所在板层。各项含义如下：

1）Grid Size：用于设置敷铜的栅格间距。

2）Track Width：用于设置敷铜的线宽。如果线宽大于栅格间距，则敷铜片就是整块铜膜。

3）Layer：用于设置敷铜的板层。

4）LockPrimitives：选中此项表示放置的是敷铜，若不选择此项，则放置的是导线。两种设置在电路板外观上是一样的，工作上也没有分别，不过通常要选中此项。

（3）Hatching Style（敷铜样式设置）。此项用于设置敷铜样式，各项含义如下：

1）90 - Degree Hatch：此项表示采用 90°网络线敷铜，如图 8 - 31（a）所示。

2）45 - Degree Hatch：此项表示采用 45°网络线敷铜，如图 8 - 31（b）所示。

3）Vertical Hatch：此项表示采用垂直网络线敷铜，如图 8 - 31（c）所示。

4）Horizontal Hatch：此项表示采用水平网络线敷铜，如图 8 - 31（d）所示。

5）No Hatching：此项表示采用透空的敷铜，如图 8 - 31（e）所示。

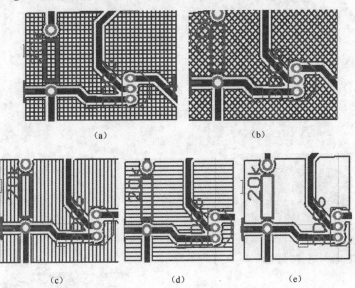

图 8 - 31　敷铜的样式

(a) 90°网络线敷铜；(b) 45°网络线敷铜；(c) 垂直网络线敷铜；
(d) 水平网络线敷铜；(e) 透空的敷铜

（4）Surround Pads With（围绕焊盘形状）。此项用于设置铜膜与焊盘间的围绕方法。各项含义如下：

1）Octagons：选中此项表示敷铜采用八角形围绕焊盘。

2）Arcs：选中此项表示敷铜采用圆弧形围绕焊盘。

（5）Minimum Primitive Size。用于设置敷铜墙铁壁线的最短长度。

设置完毕后，单击【OK】按钮，进入敷铜命令状态，按照多边形的绘制方法绘制敷铜区，然后单击鼠标左键确定，就会看到铜膜线填充的多边形敷铜区。敷铜的属性编辑与其他图件操作一样，这里不再赘述。

8.7　包地与补泪滴的应用

8.7.1　包地

包线就是将选取的铜膜线和焊盘用铜膜线包围起来，默认的包线没有网络名称，如果把包线接地，就把这种做法叫做"包地"，这样可以防止干扰。

下面以图 8-32 为例，来说明包地的应用。步骤如下：

（1）单击工具栏上的 ▦ 图标按钮，在示例图上选中需要包线的导线，注意一定要将导线两端的焊盘选中，先遣区域高亮显示，如图 8-33 所示。

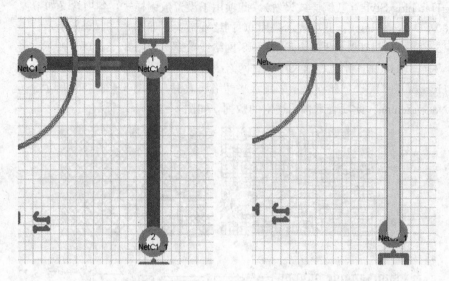

图 8-32　示例电路　　　　　　　　　　　　　图 8-33　选中导线

（2）执行【Tools】/【Outline Objects】菜单命令，选中的导线外围添加了包线，如图 8-34 所示。

（3）双击包线，弹出包线参数设置对话框，将包线的网络设置为"GND"，如图 8-35 所示，这样才使包线与接地网络连接起来。

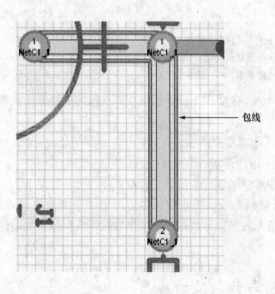

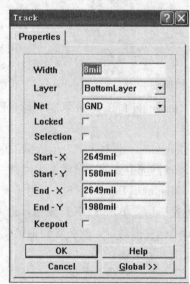

图 8-34　包线的产生　　　　　　　　　　　图 8-35　包线参数设置对话框

8.7.2　补泪滴

补泪滴就是使导线与焊盘的连接处成为泪滴状。补泪滴是为了加强导线与焊盘之间的连接，防止在钻孔加工时因应力集中而使导线与焊盘的连接处断裂。具体操作步骤是：

(1) 执行【Tools】/【Teardrops】/【Add】命令，系统弹出如图 8 - 36 所示的补泪滴属性对话框。

(2) 在 "Teardrops Style"（泪滴形状）区域中选择泪滴形状，然后单击【OK】按钮，执行结果如图 8 - 37 所示。

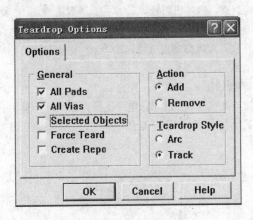

图 8 - 36　补泪滴属性对话框

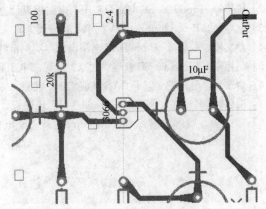

图 8 - 37　补泪滴效果图

本　章　小　结

本章主要介绍了几种 Protel 99 SE 的实用操作技巧，这些技巧可以帮助我们在原理图编辑或 PCB 编辑时加快操作速度，由于篇幅所限，不能详细列举。读者可以在实践中不断加以总结以获得更多的操作技巧。

思　考　与　练　习

1. 如何快速查找原理图库元件？
2. 不同图件属性全局功能编辑的对话框是固定不变的吗？自己动手进行全局功能编辑练习。
3. 总结对导线进行各种编辑操作的方法。
4. 敷铜有何意义？如何进行敷铜方法选择？
5. 包线与包地是一个概念吗？包地的作用是什么？应如何包地？
6. 补泪滴有何作用？如何补泪滴？

参 考 文 献

[1] 赵晶．Protel 99 高级应用．北京：人民邮电出版社，2004.

[2] 崔伟等．Protel 99 SE 电路原理图与电路板设计教程．北京：海洋出版社，2005.

[3] 徐玲颖．Protel 99 SE EDA 技术及其应用．北京：机械工业出版社，2005.

[4] 黎文模，段小峰．ProtelDXP 电路设计与实例精解．北京：人民邮电出版社，2006.

[5] 赵伟军．Protel 99 SE 教程．北京：人民邮电出版社，2006.

[6] 余宏生，吴建设．电子 CAD 技能实训．北京：人民邮电出版社，2007.

[7] 槐创峰，李振军，张克涛．Protel 99 SE 电路设计基础与典型范例．北京：电子工业出版社，2008.

[8] 郑一力，殷晔，冯海峰，等．Protel 99 SE 电路设计与制版入门与提高．北京：人民邮电出版社，2008.